LUNDI

I

En cette nuit de novembre 1879, le brouillard était particulièrement dense lorsque les voyageurs, coiffés de casquettes ou de melons et emmitouflés jusqu'aux yeux, sortirent de la station de Highbury & Islington. Certains se groupèrent sous un réverbère, battant la semelle dans l'attente d'un fiacre. C'étaient les journalistes.

D'autres remontèrent Upper Street en direction d'Agricultural Hall, étrange cortège de gens humbles courbés sous le poids de leurs sacs ou de leurs valises cabossées, martelant le pavé gras de leurs godillots. C'étaient les athlètes.

L'intérieur de la halle – vaste édifice de poutres métalliques et de verre – était chichement éclairé par des becs de gaz, et il y faisait presque aussi sombre qu'au-dehors. Les reporters ne perdirent pas une seconde de leur précieux temps à inspecter la piste; ils se précipitèrent tous vers la buvette, aussitôt imités par quelques athlètes. Les autres, sans doute plus spartiates, se mirent à la recherche des locaux qui leur étaient affectés – une rangée de tentes assez minables –, où leurs entraîneurs entreprirent sur-le-champ de leur frictionner les jambes. L'épreuve devait, en effet, débuter quinze minutes plus tard et se poursuivre sans interruption pendant six jours, c'est-à-dire jusqu'au samedi soir.

La halle était maintenant mieux éclairée. Les représentants de la presse quittèrent le bar à regret, tandis que les athlètes sortaient de leurs tentes. Transis et anxieux, ces derniers ressemblaient plus à des victimes prêtes à être immolées qu'à des gladiateurs pénétrant fièrement dans l'arène. Certains étaient manifestement trop lourds pour se lancer dans une course d'endurance, d'autres trop chétifs ou trop âgés. Huit d'entre eux seulement paraissaient à peu près aptes à tenir plus de quelques heures. Accompagnés de leurs entraîneurs, ils vinrent se grouper frileusement au centre de la halle, semblables à des moutons dans un parc.

La lumière plus vive permettait à présent de distinguer les aménagements réalisés en vue de la compétition. De grandes tribunes de bois entouraient deux pistes concentriques faites de terre glaise recouverte de sable fin. Le circuit extérieur était enclos d'une palissade d'un mètre de haut, derrière laquelle il y avait place pour plusieurs milliers de spectateurs. Au fond de l'enceinte, une estrade était réservée à l'orchestre qui devait jouer pendant la journée.

Un des organisateurs, coiffé d'un melon, éleva un porte-voix à la hauteur de sa bouche.

– Attention, messieurs! Les concurrents et les chronométreurs au départ, s'il vous plaît!

Un journaliste poussa du coude un de ses confrères.

– Veux-tu parier sur ceux qui finiront la semaine dans un cercueil?

– La plupart de ces pauvres diables ne pourraient se payer un enterrement décent. J'espère qu'ils auront le bon sens d'abandonner avant de tomber d'épuisement. Regarde un peu celui-là!

Un retardataire venait d'escalader péniblement la

palissade après s'y être repris à deux fois. Du haut de son mètre cinquante, il contempla la piste. Ses yeux clignaient derrière d'imposantes lunettes à monture d'or. Enfin, il rejoignit le troupeau massé au centre de l'arène. Les autres le considérèrent avec l'indifférence hébétée de vaches regardant passer un train.

– Si c'est un coureur, ça, je veux bien tenter ma chance comme jockey, fit remarquer le corpulent reporter du *Sporting Life*. Il me fait penser à un poulet plumé que l'on aurait oublié depuis le comice agricole de la semaine dernière.

– Où donc est Chadwick? S'il ne se montre pas, je regagne le bar, moi.

– Chadwick? répéta l'un des plus vieux pisse-copie de Fleet Street. Ce m'as-tu-vu ne sortira pas de son antre avant que les autres ne soient alignés sur la ligne de départ. Il est probablement occupé à se cosmétiquer la moustache.

Pendant ce temps, à l'intérieur de la tente qu'il ne partageait avec aucun autre concurrent, Erskine Chadwick, meilleur marcheur du royaume, donnait ses dernières instructions à son entraîneur.

– Harvey, du champagne pour le dîner. Et ce soir, du bordeaux. Maintenant, tu peux me chausser. J'espère que Darrell va démarrer à fond de train. Il ne possède aucune technique. Je vais le laisser s'épuiser avant d'attaquer.

– Et les autres?

Chadwick contempla un instant la ligne volontaire de son menton dans le miroir que lui présentait l'entraîneur, puis il écarta le pan de toile.

– Je m'efforcerai d'ignorer leur présence, déclara-t-il d'un ton méprisant.

II

– Pour la gouverne de ceux qui ne sauraient pas lire, je rappelle le règlement de la compétition, laquelle prendra fin samedi à 22 h 30. Chaque concurrent peut adopter dès le départ l'allure qui lui convient. Les assistants sont autorisés à faire passer des victuailles et des rafraîchissements à condition de se tenir en dehors de la piste. Nul n'a le droit de porter des chaussures à clous ou à crampons, et celui qui heurterait ou bousculerait à dessein un autre concurrent serait immédiatement disqualifié. Comme vous le savez, le gagnant de l'épreuve recevra la somme de cinq cents livres. Je ne m'étendrai pas sur les autres prix, vous en connaissez sans doute la liste par cœur. Pas de questions ?

Un silence morose accueillit ces paroles.

– Très bien. Bonne chance à tous. Prêts ? Partez !

Les athlètes s'élancèrent plus vite qu'ils ne l'auraient voulu. La température avoisinait zéro, et leurs membres engourdis n'avaient cure de tactiques savantes. Les reporters, emmitouflés dans leurs longs pardessus, étaient pour l'instant les seuls spectateurs.

Les concurrents se trouvaient répartis en deux catégories. Sur la piste intérieure, longue d'un huitième de mille, évoluaient les vedettes – Chadwick et Darrell –, tandis que les quatorze autres tournaient sur la seconde, longue d'un septième de mille. La plupart étaient affublés de casquettes, cache-nez, gants et pantalons. Les dispositions concernant la tenue des athlètes étaient fort strictes. La plus élémentaire décence commandait, en effet, que seuls le cou, les mollets et les avant-bras fussent autorisés à prendre l'air.

Erskine Chadwick était un gentleman, diplômé de l'université, ancien capitaine du 3e dragons, et clamait bien haut que la bourse lui rapportait plus que la course; en aucune manière il ne partageait les motivations sordides de la racaille qui se mesurait à lui. Charles Darrell, son principal rival, avait été valet d'écurie, puis briquetier, avant de découvrir que sa constitution robuste pouvait lui révéler un horizon plus souriant. Devenu champion de grand fond, il avait gagné – et dépensé – en trois ans des sommes qu'une vie d'épargne n'aurait pu réunir. Il comptait bien que cette compétition – préparée pendant des semaines avec Sam Monk, son entraîneur – lui permît d'arrondir son pécule.

Sur la piste extérieure, couraient Feargus O'Flaherty, une brute d'Irlandais fort capable de couvrir une distance de quatre cents milles, à condition d'être suffisamment imbibé de whisky; George Williams – dit le Métis –, cruellement balafré au cours d'une rixe de cabaret; Peter Chalk, vétéran de l'épreuve, qui avouait quarante ans mais devait approcher de la cinquantaine. Loin derrière eux, venait le minuscule Francis Mostyn-Smith, dont il fut évident, au bout de quelques tours, qu'il n'avait rien d'un coureur.

Au centre de la halle, les journalistes faisaient cercle autour de Solomon Herriott, promoteur de la course. Trapu, les traits réguliers et les mains expressives, il respirait la bienveillance et ponctuait chacune de ses réponses d'un sourire satisfait.

Au bout de trois heures de course, le train des leaders s'était considérablement ralenti. Billy Reid menait, encouragé par les exhortations de son frère qui trépignait au bord de la piste, derrière la palissade.

Sam Monk, l'entraîneur de Darrell, s'approcha.

– Il ne tiendra pas le coup, Jack, il est trop lourd!

– Bill ne flanchera pas. Je lui fais suivre un régime très sévère et de toute façon il va perdre quelques livres pendant la course. Il se peut qu'il ne coiffe pas votre champion samedi, mais il a déjà pris plusieurs milles à notre copain de la haute.

Chadwick passait à ce moment-là devant eux, menton arrogant et torse bombé, parfaitement maître de lui. Seules deux gouttelettes de sueur aux extrémités de sa superbe moustache cosmétiquée trahissaient l'effort qu'il fournissait. Il marchait d'un pas mesuré et, à cette allure, il pouvait certainement couvrir les cinq cents milles prévus. Cependant, Darrell paraissait être dans une forme éblouissante, et il avait déjà doublé plus de douze fois son principal adversaire.

Au cours de la matinée, Darrell reprit une certaine distance à Billy Reid. A 1 heure de l'après-midi, il avait déjà parcouru soixante-sept milles et se trouvait en tête du classement.

Quelques spectateurs avaient fait leur apparition dès l'aube. Ils étaient maintenant plusieurs centaines massés dans les gradins.

Chadwick avait dû forcer son allure pour franchir le soixantième mille et la foule commençait déjà à le conspuer. Quant à Francis Mostyn-Smith, qui s'était arrêté pour prendre une demi-heure de repos sous sa tente, il s'adressait à présent d'un air docte aux journalistes venus recueillir ses impressions.

– Je vous remercie, messieurs, pour l'intérêt que vous me portez. Ainsi que vous avez pu le constater, j'ai parcouru quarante-huit milles, et je vais maintenant me reposer. Bien entendu, j'ai la ferme intention de continuer...

Des cris se firent entendre du côté des pistes, et Mostyn-Smith ne put achever sa phrase, chacun s'étant précipité pour voir ce qui se passait. Après une halte consacrée au déjeuner, Erskine Chadwick, grand favori au flegme aristocratique, était de retour en piste et détalait come un garenne affolé.

III

Vers le milieu de l'après-midi, les spectateurs, las de regarder les athlètes ruisselants de sueur s'épuiser sur un circuit immuable, eurent l'agréable surprise de voir pénétrer dans l'arène une jolie femme. Gênée dans ses mouvements par une jupe de velours à traîne relevée, elle dut requérir l'aide de Sol Herriott qui lui offrit galamment le bras pour traverser les pistes.

Pendant la demi-heure qui suivit, la belle Cora Darrell qui venait, disait-on, encourager son mari, fut le point de mire de la halle entière. Nullement effarouchée par les regards braqués sur elle, Cora papillonna des chronométreurs aux entraîneurs, des entraîneurs aux supporters, prenant soin de se faire présenter ceux qu'elle ne connaissait pas, distribuant sourires et minauderies à la ronde. Une ou deux fois, au moment où son mari passait à proximité, elle lui envoya un baiser. Mais il ne répondit pas, et elle retourna à sa conversation. Sam Monk se trouvait devant la tente de Darrell lorsqu'elle s'approcha de lui.

– Charlie mène, n'est-ce pas, Sam? Vous devez être satisfait. J'espère qu'il ne souffre pas trop...

L'entraîneur esquissa un sourire.

– S'il souffre déjà, alors il va devoir endurer un long calvaire! Car il ne quittera la piste qu'avec mon consentement. Mais ne vous tracassez pas, il est en excellente forme, et je puis vous affirmer qu'aucun concurrent n'a été préparé avec plus de soin que lui.

– Vous n'avez pas besoin de me le préciser, répliqua Cora avec un sourire. Six semaines, c'est long pour une femme privée de son mari! Et vous me le rendrez dans un tel état qu'il lui faudra une éternité pour récupérer.

– N'ayez crainte. A ce train, Chadwick sera vite

épuisé; Charlie devrait avoir parcouru dès vendredi une distance suffisante pour gagner.

Cora tourna la tête afin d'observer le distingué capitaine, qui passait devant eux.

– Il a l'air solide, et il court pour l'instant plus vite que Charlie. Je ne suis pas aussi confiante que vous, Sam.

Monk lui posa la main sur le bras en un geste rassurant.

– Ne vous inquiétez donc pas! Nous savons ce que nous faisons. J'ai misé vingt-cinq livres sur Charlie, et j'ai bien l'intention de ne pas les perdre. (Puis, se rapprochant, il ajouta à voix basse :) Viens, chérie! Je vais te montrer notre tente.

Cora étouffa un petit rire et suivit Monk, après avoir adressé un joyeux signe de main à son mari.

L'attention de tous se reporta sur les pistes. Le galop effréné de Chadwick avait maintenant fait place à un petit trot beaucoup plus sage, et il avait repris deux milles à Darrell. Sur la piste extérieure, plusieurs coureurs avaient déjà abandonné, et Bill Reid, rejoint par Williams et O'Flaherty, luttait pour ne pas se laisser distancer.

Sol Herriott s'effondra dans un fauteuil et tira de sa poche un flacon de whisky. C'était la première fois qu'il s'accordait un peu de repos depuis le début de l'épreuve. Ayant bu une rasade d'alcool, il alluma un cigare et suivit d'un air distrait les efforts des coureurs. Au bout de quelques minutes, il replaça le flacon dans sa poche et interpella Jacobson, le directeur de la course.

– Je me sauve, Walter. Je vais me reposer une heure au club, et ce soir je dînerai au *London Sporting*. Ne me dérangez pas, à moins que la baraque ne prenne feu. Et même dans ce cas, ne vous pressez pas pour donner l'alarme, nous sommes très bien assurés.

Satisfait de sa petite plaisanterie, il se dirigea vers la sortie.

Sur la piste, Peter Chalk – le vétéran –, le Métis et O'Flaherty continuaient à soulever consciencieusement la poussière. Tous trois portaient des maillots aux couleurs vives et des collants blancs. Williams avait enfoncé sur son front une casquette à visière. Persuadé que rien n'est plus préjudiciable à la forme d'un athlète que la déshydratation, il avait, la veille au soir, battu son propre record au *White Hart* de Pentonville, et trimbalait aujourd'hui une formidable gueule de bois.

– Au début, bien sûr, on se sent mal, expliquait-il, mais à mesure que le temps passe, ça va mieux. Demain, je serai en grande forme, alors que vous commencerez tous à vous plaindre de vos ampoules.

En une heure, ils doublaient plusieurs fois Mostyn-Smith, lequel poursuivait son petit bonhomme de chemin sans faiblir, les genoux constamment ployés, les mollets semblant se mouvoir indépendamment des cuisses, dans le style d'un spécialiste de la course à l'œuf. Au moment où les trois autres le rattrapaient, O'Flaherty lui balança une grande claque dans le dos.

– Allez, mon vieux, plus que cinq jours!

Mostyn-Smith leur adressa un petit salut, mais ils étaient passés avant qu'il n'ait pu répondre.

– Qu'est donc devenue la belle Cora? demanda Williams. Je ne l'ai pas vue repartir.

Chalk fit un signe en direction de la tente de Darrell.

– Elle est entrée là avec Monk il y a une dizaine de minutes. Sans doute pour inspecter les pénates de son mari.

– Drôle d'inspection, rétorqua le Métis avec un rire gras. Cora n'est pas fille à visiter une piaule avec un gars sans essayer le lit, pas vrai?

– Ne m'étant jamais trouvé avec elle dans de telles circonstances, je ne saurais dire, répliqua Chalk, vexé.

– Eh bien, mon vieux, tu es un cas, commenta l'Irlandais. Je croyais que tous les coureurs de Londres... Oh! mais ç'a été rapide. La voilà qui reparaît.

Mrs Darrell, en effet, venait de sortir de la tente, et elle retraversait maintenant la piste en direction de la sortie, distribuant force sourires et signes d'amitié, sans oublier son mari.

Chalk observa Darrell avec une certaine curiosité.

– Et lui? Ça ne le tracasse pas que sa femme aille se distraire avec d'autres?

– Charlie Darrell n'est pas comme toi et moi, déclara Williams. C'est un vrai professionnel. Quand il est à l'entraînement, il mène six semaines de vie monacale : pas d'alcool, pas de tabac ni de femmes. Si Cora veut s'amuser, elle sait qu'il est inutile de compter sur lui tant que la compétition n'est pas terminée. Et il se fiche éperdument qu'elle aille chercher ailleurs ce qu'il ne peut lui donner.

– Quelle conscience professionnelle, mes amis! Moi, sans vouloir comparer ma carrière à celle de Darrell, si je n'étais pas obligé de m'occuper de ma Moira pendant l'entraînement, je serais capable de battre le monde entier!

– Tu serais surtout capable de battre Moira quand tu découvrirais de quelle manière elle a passé le temps, fit remarquer le Métis. Six semaines! Je ne vois pas comment elle pourrait tenir le coup. Sans vouloir te vexer, mon vieux, tu ne l'as pas dressée comme ça, hein?

– Que veux-tu dire? s'écria O'Flaherty d'un air mauvais.

Williams essaya de se rattraper.

– Simplement que Cora n'est pas tellement différente des autres femmes que j'ai connues. Mais tu n'es pas Charlie Darrell, toi! Si Moira venait parader ici pendant que tu fais le guignol sur cette piste, tu la mettrais en charpie.

O'Flaherty agrippa le Métis par son maillot.

– Si tu ne tiens pas à ce que je t'expédie un gnon dans la gueule, tu vas la fermer! Personne n'a le droit d'insulter ma femme. S'il me plaisait de ne pas m'occuper d'elle pendant un an, elle me resterait fidèle. Et dans le cas contraire, je la ferais filer jusqu'à Dublin à coups de cravache.

– C'est exactement ce qu'il disait, commenta Chalk d'un air narquois. Mais après tout, lorsque Cora vient faire des grâces par ici, Darrell est à même de la surveiller. Est-ce que tu sais où Moira va passer la soirée, Feargus?

L'Irlandais lui flanqua un coup de coude dans les côtes et s'éloigna au trot.

Il était 7 heures et quart lorsque Mostyn-Smith interrompit sa troisième période de repos pour se mettre à la recherche de Sol Herriott. Il ne trouva que Jacobson.

– Je ne suis pas du tout satisfait, déclara-t-il sans ambages. La halle n'a pas été convenablement balayée et lavée depuis la foire à la volaille de la semaine dernière, et il émane du sol une puanteur intolérable, à l'endroit précis où se dressent les tentes. L'hygiène est, à mes yeux, une question primordiale, et j'exige que la tente que je partage avec Mr O'Flaherty soit soigneusement nettoyée et désinfectée chaque jour. Sinon, je me verrai dans l'obligation d'attirer l'attention de la presse sur les conditions inadmissibles dans lesquelles se déroule cette compétition.

MARDI

IV

A 1 heure du matin, une sonnerie retentit, marquant la fin de la première journée de compétition. Sam Monk drapa une couverture autour des épaules de Darrell et l'entraîna vers sa tente. Au cours de la dernière heure, l'allure du champion s'était considérablement ralentie. Les pieds gonflés et criblés d'ampoules, il s'était arrêté deux ou trois fois afin de rajuster ses chaussures et les avait finalement ôtées d'un geste rageur pour continuer la course nu-pieds.

– Ne t'en fais pas, dit Monk. Trois heures de repos, et tu repartiras en pleine forme. Je t'envelopperai les pieds dans une vessie de veau; tu auras l'impression de marcher sur du velours.

Erskine Chadwick, de son côté, après un tour de piste supplémentaire, avait rejoint Harvey sous sa tente.

– Cette compétition se déroule dans des conditions intolérables, grommela-t-il en se laissant tomber sur sa couche. Une course en plein air, d'accord! Mais dans cette arène lugubre, empestée de fumée de cigare, de relents de gaz et de fiente de poulet... mes poumons doivent être dans un état! Je me demande si je continuerai demain.

– Mais il le faut! Jusqu'à présent, vous n'avez jamais abandonné. Songez que Darrell ne pourra pas résister bien longtemps; il traînait bougrement la jambe tout à l'heure. Monk n'aurait pas dû le laisser courir pieds nus.

– Donne-moi du bordeaux et laisse-moi me reposer. Tu me préviendras lorsque Darrell sera de nouveau en piste.

Harvey remplit un verre qu'il tendit au champion et quitta la tente. Depuis des années qu'il était au service de cet ancien militaire vaniteux et atrabilaire, il le connaissait parfaitement, et pour la première fois il le sentait prêt à accepter la défaite.

L'activité était réduite au minimum sur les pistes, la plupart des concurrents ayant suivi l'exemple des deux leaders. Seuls Bill Reid et Mostyn-Smith continuaient à tourner d'un pas mécanique.

Sol Herriott était revenu peu après minuit, et Monk quitta la tente de Darrell à 1 heure et demie. Personne ne le remarqua tandis qu'il se glissait vers la sortie. Dans Liverpool Road, un fiacre attendait. Il s'y engouffra et le cocher fit claquer son fouet. La voiture s'arrêta vingt minutes plus tard dans une rue avoisinant Finsbury Park. Monk régla le cocher et lui donna des instructions. Après quoi, il s'avança vers la porte d'une maison, tira une clef de sa poche, et se faufila à l'intérieur avant même que le fiacre ne se fût éloigné.

Il se trouvait maintenant dans un vestibule sombre, essayant d'accoutumer ses yeux à l'obscurité. Il parvint à identifier un grand pot de fougères à sa gauche et un portemanteau monumental juste à côté. Il y accrocha sa casquette et son pardessus, redressa machinalement sa cravate et se lissa les cheveux.

Un rai de lumière filtrait sous une porte. Il tâtonna pour trouver la poignée et pénétra dans un vaste salon éclairé au gaz. Dans la cheminée brûlait un grand feu de bûches. Mollement étendue sur un canapé de velours rouge, Cora Darrell lui adressa un sourire prometteur.

– Tu es ponctuel, dit-elle. Que se passe-t-il là-bas?

– Pas grand-chose. Il va dormir jusqu'à 4 heures.

Tout s'est bien passé jusqu'à présent : c'est lui qui mène.

– Il est en forme?

– Oui, il tiendra le coup. Il a eu un petit ennui à un pied, vers la fin, mais rien de grave.

Sur le manteau de la cheminée, la pendule sonna 2 heures. Monk s'approcha du feu et présenta ses mains aux braises rougeoyantes.

– Tu as bien dit 4 heures? reprit Cora. Ça ne nous laisse pas beaucoup de temps. Tu seras obligé de repartir vers 3 heures et demie. As-tu pensé à retenir un fiacre?

– Bien sûr. Et ton dîner en ville?

Cora esquissa un sourire en fixant les flammes.

– Le repas était excellent, mais j'aurais préféré une compagnie un peu différente. Un de ces soirs, il faudra que nous sortions tous les deux.

– J'aime autant m'en tenir à notre arrangement : les autres paient le repas et le vin, tandis que je me charge de te fournir le reste. D'accord?

Monk vint se percher sur le bras du canapé, prit le visage de Cora entre ses mains et se pencha pour l'embrasser.

– Et qu'as-tu apporté pour vaincre ma résistance? demanda-t-elle en se dégageant.

Il tira de sa poche un flacon de whisky qu'elle aurait pu remarquer, quelques heures plus tôt, sous la tente de son mari. Elle désigna du menton la desserte où se trouvaient les verres. Il alla en remplir deux.

– Pas pour moi, dit-elle. J'ai assez bu, ce soir.

Monk avala son verre, puis celui de la jeune femme.

– L'heure tourne, fit-il remarquer. Montons.

Cora secoua doucement la tête.

– Non, Sam. Pourquoi crois-tu que j'aie allumé du feu dans le salon? Le lit est froid. Et puis... Charlie ne m'a jamais... approchée ici. Viens...

Monk s'avança et l'embrassa de nouveau. Quelques minutes plus tard, Cora était agenouillée devant le feu, tandis que son amant entreprenait de la dévêtir. Ses doigts s'attaquaient maladroitement aux boutons et aux agrafes. Le corsage glissa lentement.

– Chauffe-toi les mains avant d'aller plus loin, dit Cora en gloussant. (Elle poussa un petit cri en sentant les paumes de Monk lui enserrer les épaules tandis qu'il l'embrassait dans le cou.) Détache les rubans, Sam! Je vais ôter mes bas. (La suite des opérations présentait d'assez sérieuses difficultés.) Je m'occupe du corset. Va éteindre le gaz.

Il s'éloigna de quelques pas, pendant qu'elle émergeait d'une montagne de jupons mousseux. Cora poussa un soupir de soulagement tandis que tombait le corset. Le reste était plus facile.

– Tu as raison, reconnut Monk en la soulevant dans ses bras. C'est beaucoup mieux devant un bon feu.

Il était près de 4 heures lorsque Sam Monk pénétra dans la tente de Darrell.

– C'est l'heure, Charlie! Tu t'es bien reposé?

Darrell poussa un grognement mais ne bougea pas.

– Chadwick sera en piste dans quelques minutes. Bois ceci. Ça te donnera un coup de fouet.

Le champion se souleva avec peine sur un coude et avala d'un trait le breuvage que Monk lui présentait. Il avait un drôle de goût, mais Darrell savait que les mixtures concoctées par son entraîneur étaient toujours efficaces.

– Sers-m'en un autre verre. J'ai vraiment besoin d'un remontant.

Monk s'exécuta, puis se mit à préparer le morceau de vessie de veau destiné à envelopper le pied blessé.

– Qu'as-tu fait, pendant que je me reposais? demanda Darrell.

– Je me suis allongé un peu, mais je n'ai pas dormi. (Ce qui était la stricte vérité.) Enfile doucement ta chaussette pendant que je maintiens le pansement en place... C'est parfait!

Darrell se leva.

– Je me sens déjà mieux. Tu es épatant, Sam! Allons-y...

V

Attablé dans la gargote contiguë à la buvette, Monk terminait son petit déjeuner.

– On vous demande sur la piste, annonça un employé qui venait d'apparaître sur le seuil. Votre gars a une crampe.

– Ça ne m'étonne pas, bougonna l'entraîneur. Il a démarré trop vite, tout à l'heure.

Près de la palissade, un petit groupe d'officiels et un agent en uniforme s'étaient rassemblés autour de Darrell. Allongé sur le flanc, les genoux ramenés sur la poitrine, il gémissait. Son visage était mortellement pâle. Monk s'accroupit près de lui.

– C'est le second à s'écrouler en une heure, commenta un spectateur d'un air ravi. Bill Reid aussi est tombé comme une masse, et on n'a pu trouver son frère nulle part.

Monk fit manœuvrer lentement les jambes de Darrell; la douleur parut s'atténuer quelque peu.

– C'est idiot... je me suis emballé, dit le champion d'une voix faible. Ramène-moi sur la piste.

– Comment vont tes pieds?

– Pas trop mal. A part les fourmillements... Foutue crampe!

– Essaie de te lever.

Darrell se redressa au milieu des applaudissements.

– Fais porter ton poids sur cette jambe, conseilla Monk. Te sens-tu capable de continuer? A ta place, je ne m'arrêterais pas tout de suite, car la crampe risquerait de te reprendre. Je vais te chercher une veste.

Darrell s'avança sur la piste. Il repartit en clopinant. L'entraîneur disparut un instant sous la tente et revint avec une veste qu'il jeta sur les épaules du coureur.

– Continue, Charlie. Tu ne vas pas tarder à retrouver ta forme.

Darrell força un peu l'allure.

Sol Herriott, qui tenait une conférence de presse à l'extrémité de la halle, était visiblement ennuyé par l'incident. Les journalistes le bombardaient de questions.

– Que se passera-t-il s'il abandonne?

– Où est votre médecin, Mr Herriott?

– Annulerez-vous l'épreuve si Darrell ne peut continuer?

– Qu'est-il arrivé à Billy Reid?

Herriott leva lentement la main pour réclamer le silence, puis alluma un cigare.

– Une crampe est chose courante dans une compétition de ce genre, messieurs, déclara-t-il. D'autre part, je vous rappelle que Mr Darrell est un sportif chevronné. Il connaît toutes les ficelles du métier. Ai-je besoin d'être plus explicite?

– Voulez-vous laisser entendre qu'il joue la comédie?

– Il ne s'agit que d'une hypothèse, Mr Martin. En tant que chroniqueur sportif, vous êtes mieux placé que moi pour vous faire une opinion.

Au même moment, un cri strident retentit dans l'arène. Des employés traversèrent la piste au pas de course, les reporters se précipitèrent. Darrell était de nouveau tombé, étendu de tout son long sur le sol, le visage convulsé par la douleur. Il fut immédiatement placé sur une civière et transporté sous sa tente.

Le médecin, alerté par Herriott, ne tarda pas à arriver. Darrell, allongé sur son lit, avait retrouvé une respiration plus régulière.

– Une crampe terrible, commenta Monk qui était en train de lui frictionner les jambes.

– Continuez le massage, conseilla le médecin. Et ôtez-lui ses chaussures.

Quelques minutes plus tard, la douleur était passée, mais le coureur restait très affaibli.

– Il n'est pas question qu'il reprenne la compétition aujourd'hui, décréta le docteur.

Darrell prit la parole pour la première fois.

– Il le faut absolument. Vous n'avez pas le droit de m'en empêcher.

– Dormez un peu, mon vieux! Vous n'êtes pas en état de continuer. Quand vous vous serez reposé, nous aviserons.

Après un signe de tête à Monk, le docteur se retira pour aller faire son rapport à Herriott.

– Cet homme est dans un état d'épuisement extrême, annonça-t-il. Il doit s'arrêter une douzaine d'heures au moins.

– Douze heures? Mais c'est impossible! C'est l'un de nos meilleurs concurrents. Les sportifs récupèrent très vite...

– J'ai dit douze heures. Sinon, je ne réponds de rien. Le cœur est dangereusement accéléré, et...

Il fut interrompu par une plainte effroyable. Les deux hommes se précipitèrent sous la tente de Darrell. Monk s'efforçait de maintenir Charlie qui, sous les couvertures, était agité de violentes convulsions. Les traits déformés par la douleur, il ouvrait une bouche démesurée, comme un poisson hors de l'eau.

Le médecin écarta l'entraîneur. Darrell roula sur le

flanc et se mit à gémir. Les spasmes s'espaçaient peu à peu et perdaient de leur intensité.

– Faites rapporter la civière, dit le docteur. Il faut le transporter dans un endroit plus confortable.

Herriott donna aussitôt les ordres nécessaires, et Darrell fut allongé sur la civière. Comme le petit groupe s'éloignait des tentes, il fut rattrapé par un homme vêtu d'un chandail et d'un collant de sport.

– Veuillez m'excuser. Je m'appelle Mostyn-Smith, et je suis médecin. Si je puis vous être de quelque utilité...

Le docteur accueillit la nouvelle aussi calmement que si son interlocuteur eût été en habit de soirée.

– Je vous remercie. Je vous serais en effet reconnaissant de bien vouloir me donner votre opinion.

Darrell fut déposé sur un lit qu'on venait d'installer à la hâte dans un bureau. Le médecin se tourna vers Herriott et Monk.

– Maintenant, messieurs, pourriez-vous nous laisser seuls avec le malade? Mais ne vous éloignez pas, car il est possible que nous ayons besoin de médicaments.

Lorsque la porte se fut refermée, Herriott dut faire face à la meute de journalistes.

– Mr Darrell a été transporté ici, afin de mieux se reposer, expliqua-t-il. Ainsi que vous avez pu le constater, il a été pris d'une crampe provoquée par la fatigue. Pour plus de précautions, un médecin est auprès de lui, et je vous rappellerai si j'ai une communication à vous faire.

Une heure s'écoula. Mostyn-Smith apparut une fois sur le seuil de la pièce pour réclamer du thé très fort destiné au patient. Herriott faisait les cent pas, le front soucieux. Si Darrell était obligé de se retirer de la compétition, ce serait la catastrophe : personne ne viendrait assister à une épreuve dans laquelle Chadwick ne rivaliserait plus qu'avec d'illustres inconnus.

Finalement, la porte s'ouvrit de nouveau, et Mostyn-Smith fit signe à Herriott qu'il pouvait entrer. Le corps sans vie de Charles Darrell était étendu sur le lit; on l'avait recouvert d'un drap.

VI

Depuis 10 heures, les flonflons de l'orchestre installé sur l'estrade résonnaient dans la halle, mêlant leur gaieté tonitruante aux invectives du millier de spectateurs occupant les gradins. Sur la piste se traînaient neuf concurrents, trop éreintés pour réagir aux quolibets de la foule. La réapparition de Mostyn-Smith apporta cependant un regain d'intérêt à la course. Chalk ne tarda pas à le rejoindre.

– On vous a appelé auprès de Charlie à ce qu'il paraît.

– Oui. Je suis médecin, et je voulais essayer de me rendre utile. Hélas, il était déjà trop tard! Il est mort il y a une heure.

– Mort? De... d'épuisement?

– Il est encore trop tôt pour déterminer avec exactitude la cause du décès. Nous avons décidé de faire pratiquer une autopsie.

Williams et O'Flaherty ralentirent leur allure pour se laisser rattraper par Mostyn-Smith. Chalk les mit au courant des faits.

– Bien qu'il soit prématuré de se prononcer, reprit le médecin, je crois devoir vous avertir que Darrell présentait plusieurs des symptômes du tétanos.

– Le tétanos? répéta Williams. C'est la maladie des garçons d'écurie, n'est-ce pas?

– On a constaté, en effet, que les gens employés dans les écuries ou les basses-cours y sont particulièrement vulnérables.

– Mais Darrell n'a pas quitté Londres! Monk m'a dit qu'il s'était entraîné à Hackney Wick.

– C'est possible. Pourtant, messieurs, s'il fallait chercher à Londres un endroit où il soit facile de contracter le tétanos... (Mostyn-Smith fit un grand geste circulaire.) J'ai demandé que l'emplacement des tentes soit nettoyé et désinfecté sans plus attendre. Ce pauvre Darrell a dû être contaminé hier quand il a ôté ses chaussures; il avait des ampoules plein les pieds. C'est par une plaie que la maladie pénètre dans l'organisme.

– Moi, j'ai bien envie d'abandonner. Le tétanos, c'est une maladie que les médecins ne savent pas guérir.

– Parfaitement exact, reconnut Mostyn-Smith. Mais nous la connaissons suffisamment pour prendre les précautions qui s'imposent. Croyez bien que s'il y avait un danger réel, je me serais déjà retiré de la compétition. Bien sûr, vous pouvez agir comme vous l'entendrez, mais rappelez-vous que nous n'aurons une certitude absolue qu'après l'autopsie. La mort de Darrell peut avoir d'autres causes.

– Vous avez donc l'intention de poursuivre la compétition?

– Assurément! Et il faut que je rattrape le temps perdu ce matin. Si vous vous retirez de la course, vendredi je serai parmi les leaders.

Comprenant que la disparition de Darrell augmentait leurs chances à tous, les trois coureurs se sentirent soudain pris d'une ardeur nouvelle.

Erskine Chadwick déjeunait dans sa tente. Le drame de la matinée ne l'avait nullement affecté. Un autre concurrent serait sans doute envoyé sur la piste intérieure, et la compétition ne pouvait que se poursuivre à son avantage.

Il en était là de ses réflexions lorsque Walter Jacobson apparut sur le seuil

– Excusez-moi de vous déranger, dit-il. J'aimerais

vous parler un instant. Vous avez naturellement appris la mort tragique de Darrell, et vous comprendrez qu'elle nous porte un coup sérieux. Cependant, la direction ne souhaite pas annuler la course si toutefois les participants désirent continuer.

Telle était bien la ferme intention de Chadwick. Néanmoins, il feignit d'hésiter pendant quelques secondes.

– Evidemment, dans de telles circonstances, on éprouve des scrupules... Mais, au cours de ma carrière militaire, j'ai appris à accepter avec philosophie les événements – même fâcheux – qui peuvent se présenter. Je suis d'ailleurs persuadé que ce pauvre Darrell aurait voulu nous voir poursuivre la compétition qu'il avait commencée avec nous.

– Je suis heureux de vous l'entendre dire, et j'espère que les autres concurrents suivront votre exemple. Il nous faut maintenant prendre certaines dispositions. Etant donné qu'aucun participant ne semble de taille à se mesurer avec vous, je suggère que nous fassions courir tout le monde sur la piste extérieure.

Chadwick pointa sa fourchette vers Jacobson.

– Est-ce à dire que vous désirez me voir côtoyer ce ramassis de rustres imbibés de bière?

– La plupart sont... des sportifs... bien connus, bredouilla le directeur.

– Des brutes, oui! Je ne suis pas habitué à me commettre avec des représentants des plus basses couches de la société. Je ne laisserais même pas cette racaille me cirer les chaussures.

Chadwick s'empara d'une orange que lui présentait Harvey, et il la partagea en deux d'un coup de couteau rageur.

Jacobson choisit ses mots avec soin.

– Dois-je donc annoncer à Mr Herriott que vous vous retirez de la compétition?

– Je n'ai jamais dit cela!

– Ce que vous avez déclaré revient au même.

Chadwick commençait à comprendre qu'il n'avait pas le choix. Pourtant il ne voulait pas céder tout de suite.

– Désignez Williams, et je lui permettrai de partager ma piste.

Jacobson joua sa carte maîtresse.

– Je doute que Williams – ou n'importe quel autre – veuille se risquer sur cette piste. En effet, le docteur pense que Mr Darrell a contracté le tétanos en y courant nu-pieds. Il n'est pas impossible que le sol soit contaminé.

Chadwick réfléchit un instant.

– En admettant que j'accepte votre proposition, je ne saurais m'y résoudre sans une compensation.

C'était une capitulation.

– Je suis sûr que Mr Herriott appréciera l'élégance de votre geste. Que pensez-vous de... cinquante livres?

– Disons cent, et n'en parlons plus.

Sol Herriott fut arraché à ses pensées par l'apparition d'une femme vêtue de sombre, le visage dissimulé derrière une lourde voilette et accompagnée d'un homme d'un certain âge. Après un mot à Jacobson, il conduisit les deux visiteurs dans son bureau et les fit asseoir.

– Permettez-moi de vous offrir mes condoléances, commença-t-il.

Cora Darrell souleva sa voilette.

– Merci, souffla-t-elle. Je vous présente mon père, Mr McCarthy.

– Je vous suis reconnaissant de nous avoir prévenus aussitôt de la mort de mon gendre.

McCarthy était vêtu d'un pardessus à carreaux élimé, chaussé de souliers visiblement fatigués, et il parlait d'une voix douce et timide.

– Je regrette qu'on n'ait pu vous alerter dès son premier malaise, mais personne ne pensait à ce moment-là qu'il pût s'agir d'autre chose que d'une banale crampe. Ensuite, les crises sont devenues si violentes que nous avons tous été accaparés par son état.

– Les crises ont-elles empiré régulièrement? demanda McCarthy.

– Je ne suis pas demeuré auprès de lui jusqu'à la fin. Seuls les médecins étaient à son chevet, et ils ont déclaré qu'il s'agissait de spasmes musculaires. Il est resté conscient jusqu'au dernier moment.

Cora se couvrit le visage et laissa échapper un long sanglot. Son père lui posa doucement la main sur le bras.

– Pourrais-je avoir un entretien avec les médecins?

– Le premier est parti assister à l'autopsie, mais vous pourrez le voir un peu plus tard, naturellement. L'autre est un des concurrents. Si vous désirez lui parler...

– S'il est en piste, je ne veux pas le déranger. L'un d'eux vous a-t-il fait part de son opinion sur la cause du décès?

– Ils ont avancé l'hypothèse du tétanos.

– Le tétanos? Mais cette maladie se contracte, me semble-t-il, par une plaie ouverte. Je ne comprends pas...

– Mr Darrell était, semble-t-il, blessé par de nombreuses ampoules qui avaient éclaté, et il a marché pendant un certain temps nu-pieds.

Cora sortit soudain de son abattement pour s'écrier d'une voix hystérique :

– Des ampoules! Des plaies ouvertes! Et il a piétiné ce sol dégoûtant? A quoi donc pensait son entraîneur pour permettre une chose semblable? Où est Sam

Monk? Oh, Charlie, Charlie, c'est lui qui t'a tué! C'est Monk...

McCarthy murmura quelques mots d'excuses et essaya de calmer sa fille. Elle se reprit bientôt et ajouta d'une voix plus mesurée mais ferme :

– J'exige de voir Mr Monk. Je suis en droit de lui demander des explications. Où est-il?

– Je... doute fort que vous puissiez lui parler aujourd'hui, répondit Herriott. Tout comme vous, Mrs... Cora, il est bouleversé et serait incapable de vous répondre.

Il se rappelait avoir vu Monk à la buvette, occupé à ingurgiter de grands verres de whisky. L'entraîneur de Darrell devait se trouver maintenant dans un état d'ébriété avancé.

– Mr Herriott a raison, ma chérie, déclara McCarthy. Cela ne servirait à rien.

Cora avait retrouvé sa maîtrise de soi.

– Nous poursuivrons cet homme pour sa coupable négligence. Et vous aussi, Sol. Nous sommes de vieux amis, c'est vrai, mais si je peux prouver que vous avez une part de responsabilité dans la mort de Charlie, je n'hésiterai pas à vous intenter un procès. Il y a des milliers de gens qui pourront témoigner de l'état de saleté repoussante dans lequel se trouve ce bâtiment.

Herriott se taisait, abasourdi par la soudaineté de l'attaque.

Cora se leva pour partir. Son père l'imita et voulut prononcer quelques mots d'excuses, mais pas un son ne sortit de sa bouche. Il se contenta d'esquisser un petit signe de tête et quitta la pièce.

La soirée ne fut pas des plus agréables pour Herriott. En dépit des efforts méritoires de l'orchestre, les spectateurs avaient l'air morose, et les concurrents donnaient un spectacle assez pitoyable. Seul Billy Reid y mettait quelque animation. Un peu plus tard, Monk, qui avait partiellement cuvé sa cuite, reparut dans la halle. Cependant, Herriott prit la résolution de l'expulser lorsqu'il se rendit compte qu'il était sur le point de faire du scandale.

Les gradins étaient maintenant désertés, et les coureurs eux-mêmes allaient se retirer pour prendre un peu de repos lorsque Jacobson s'approcha de Herriott, escorté de deux inconnus.

– Ces deux messieurs désirent vous parler, annonça-t-il. Ils sont de la police. Sergent... euh...

– Sergent Cribb. Et voici le constable Thackeray. Nous sommes chargés d'enquêter sur la mort de Charles Frederick Darrell.

– Mais... je ne comprends pas...

– Le rapport du médecin vient de nous parvenir. Darrell est mort empoisonné. La quantité de strychnine qu'il avait absorbé aurait terrassé un cheval de trait.

MERCREDI

VII

D'un coup de dent, le sergent Cribb coupa l'extrémité du cigare que Herriott venait de lui offrir. Ses petits yeux mobiles et inquisiteurs brillaient sous des sourcils broussailleux.

– Dites-moi ce que vous savez de feu Mr Darrell, demanda-t-il d'un ton brusque.

– Peu de choses en fait, sinon que c'était un excellent coureur de fond. Il avait subi un entraînement intensif en vue de cette épreuve, sous la direction de Sam Monk.

– Que devait-il retirer de la compétition?

– Cinq cents livres s'il gagnait.
– Et dans le cas contraire?
– On a prévu cent livres pour le deuxième et cinquante pour le troisième. Mais la concurrence n'était guère sérieuse.
Cribb resta un instant silencieux tandis que son adjoint, un petit homme replet arborant une superbe barbe grise, prenait des notes dans un calepin crasseux. Le sergent tira de sa poche un exemplaire du *Star*.
– Avez-vous lu l'article que ce journal consacre à la mort de Darrell?
– Oui.
– Les faits relatés sont-ils exacts?
La question s'adressait cette fois à Jacobson.
– Oui, bien que certaines allusions à Mr Herriott...
– Laissons cela. Darrell avait donc pris la tête, au bout de six heures de course?
– Oui.
– Ce que voyant, Chadwick s'est mis à accélérer son allure.
Jacobson acquiesça d'un signe.
– Si j'ai bien compris, ils ne se sont guère reposé au cours de ces premières vingt-quatre heures?
– Seulement pour manger.
– On prétend, cependant, que Mrs Darrell est venue voir son mari. Ne s'est-il pas arrêté, à ce moment-là?
– Non, répondit Herriott. Mrs Darrell a fait le tour de la halle avec moi, mais elle n'a pas voulu le déranger. Je lui ai simplement présenté quelques-uns des organisateurs, mais elle connaissait déjà la plupart d'entre nous.
– Monk lui a fait visiter la tente de Darrell, ajouta Jacobson.
Le sergent haussa les sourcils.
– Combien de temps y sont-ils restés?
– A peine plus de cinq minutes.

– Après quoi, elle est repartie?
– Autant que je m'en souvienne.
Cribb laissa courir son doigt sur le journal.
– Au cours de la dernière heure, Darrell semblait avoir perdu la forme. Etait-ce une feinte?
– Je ne crois pas. Il souffrait d'ampoules aux pieds et avait ôté ses chaussures.
– Monk lui a alors fait regagner sa tente, vers 1 heure, n'est-ce pas? reprit Cribb. Quand a-t-il reparu en piste?
– Un peu après 4 heures.
– Comment était-il, à ce moment-là?
– Très bien, répondit Herriott sans hésitation. Il a repris la course à toute allure.
– Une allure... désordonnée?
– Pas le moins du monde. Il semblait parfaitement maître de lui et débordait d'énergie.
Un sourire fugitif passa sur le visage du sergent.
– Pas étonnant! Il était bourré de strychnine. A quelle heure le premier spasme s'est-il produit?
– Vers 6 heures.
– 6 heures? J'aurais cru plus tôt. Mais peut-être l'effort exigé par la course y est-il pour quelque chose. Il faudra vérifier. L'heure de la mort? Non, inutile. Nous la connaissons déjà.
Herriott saisit l'occasion de poser la question qui le tracassait.
– Sergent, cette enquête signifie-t-elle que je doive annuler la compétition?
– Bien sûr que non, Mr Herriott. Vous pouvez continuer. Cela ne nous dérange pas, au contraire, puisque nous avons ainsi tout le monde sous la main. Il faudrait maintenant que je voie le dénommé Monk.
– Je crains que vous n'en tiriez pas grand-chose; il a beaucoup bu et doit avoir l'esprit passablement embrumé.

– Eh bien! ramenez-le sur terre et conduisez-le sous la tente de Darrell. C'est là que je le verrai. Autre chose : réveillez Mostyn-Smith. J'aurai un entretien avec lui pendant que vous essaierez de dessoûler Monk.

– Il n'est sûrement pas couché, intervint Jacobson. Il ne se repose jamais plus d'une demi-heure, et on prétend qu'il réalise ses meilleures performances quand les autres dorment. D'ailleurs, après une telle matinée, il a une sacrée distance à rattraper.

– Je vois. Nous n'allons donc pas le handicaper davantage. Thackeray, depuis combien d'années avez-vous cessé de battre la semelle sur le pavé de Londres?

– Trois, chef, rétorqua le constable d'un air inquiet.

– Magnifique! Vous tiendrez bien le coup pendant un mille, non? Allez donc rejoindre le docteur sur la piste. Vous savez les questions qu'il faut lui poser, n'est-ce pas? Mais pas un mot sur la strychnine pour le moment. Même consigne pour vous, messieurs.

Peu après minuit, on avait baissé le gaz, peut-être pour inciter les concurrents à regagner leurs tentes respectives. A 1 heure et quart, il ne restait plus dans l'immense halle que Mostyn-Smith, un chronométreur et un juge somnolent avachi dans son fauteuil. Dès que la lumière se fut éteinte dans la tente de Chadwick, les flammes bleuâtres des becs de gaz donnèrent à la scène un aspect résolument sinistre. Le concurrent solitaire, parfois à peine visible dans son vêtement sombre, avait l'air d'exécuter quelque rite gnomique.

Toutefois, Thackeray n'était pas suffisamment imaginatif pour se laisser troubler par l'atmosphère lugubre de l'arène. Il s'approcha de la piste et observa un instant la silhouette chétive qui évoluait sur le circuit.

Lorsque Mostyn-Smith arriva à sa hauteur, il s'élança, réglant tant bien que mal son pas sur celui du coureur. Accoudé à la palissade, Cribb ne put s'empêcher de pouffer en voyant son adjoint allonger maladroitement la jambe, empêtré dans son ulster et retenant son melon comme par jour de grand vent.

– Vous êtes bien le docteur qui a assisté Darrell? demanda Thackeray.

– Oui. Mais c'est le médecin officiel qui avait la responsabilité du malade.

– Vous êtes cependant resté auprès de lui jusqu'à la fin?

– C'est exact.

– Nous voudrions savoir s'il a fait une déclaration quelconque en votre présence.

– Pas vraiment. Voyez-vous, le moindre mouvement aggravait les spasmes et, bien qu'il eût conservé toute sa lucidité, nous ne pouvions l'encourager à parler. Il nous a néanmoins laissé entendre qu'il ne comprenait rien à ce qui lui arrivait.

– Vous souvenez-vous de ses paroles?

– Il a simplement dit : « Ça ne m'est jamais arrivé auparavant. » Et, un peu plus tard : « Qu'est-ce qui s'est passé? »

– Lui avez-vous donné quelque chose à boire?

– Seulement du thé très fort.

– Personne d'autre n'a pénétré dans la pièce?

– Personne.

– Aviez-vous déjà rencontré Mr Darrell avant la compétition?

– Non, jamais.

– Eh bien, je vous remercie. Je crois que ce sera tout pour l'instant.

Mostyn-Smith disparut dans la pénombre, et le constable rejoignit son chef.

– Darrell n'a prononcé que quelques mots, mais il

en a dit assez pour que le suicide soit hors de question.

Les deux policiers approchèrent de la tente de Darrell. Les voyant entrer, un agent en uniforme affalé sur le lit se dressa d'un bond.

– Vous n'êtes pas ici pour faire la sieste, lui lança Cribb d'un ton sec. J'aurais parfaitement pu avoir un poignard à la main, mon vieux.

L'agent baissa les yeux sous le regard sévère du sergent qui le renvoya aussitôt. La lampe allumée, les deux hommes distinguèrent deux chaises, une table de chevet et un réchaud à gaz sur lequel était posée une bouilloire. Une petite armoire renfermait une théière, du pain et du lait, un flacon de whisky, une boîte de liniment et un morceau de vessie de veau. Sur la table, se trouvaient encore le flacon contenant le cordial de Monk, ainsi que le gobelet dont s'était servi Darrell. Cribb les renifla avec précaution et alla les placer dans l'armoire.

– Thackeray, dit-il, dès qu'il fera jour, vous porterez ça au labo pour le faire analyser.

Des pas traînants se firent entendre à l'extérieur, et Walter Jacobson apparut, soutenant Sam Monk qu'il poussa sans ménagement sur une chaise. L'entraîneur, arraché brutalement à sa torpeur d'ivrogne, avait encore la tête et les épaules trempées. Le sergent remercia Jacobson et le congédia, ainsi que Sol Herriott qui venait d'entrer à sa suite.

– Vous vous appelez bien Monk? commença-t-il.

– Oui.

– Nous enquêtons sur la mort de Charles Darrell. Etes-vous en état de répondre à mes questions?

– Oui, affirma Monk sans grand enthousiasme.

– Le connaissiez-vous depuis longtemps?

– Deux ans environ.

– Depuis quand étiez-vous son entraîneur?

– Depuis décembre soixante-dix-sept. Jusque-là, il se débrouillait seul.

– Mais vous lui avez certainement beaucoup apporté?

Monk n'était pas homme à se laisser prendre aisément aux flagorneries.

– Il connaissait déjà bien son affaire avant notre rencontre.

– Pourtant, il n'avait jamais pris part à des épreuves aussi importantes.

– Naturellement, je lui ai appris certaines choses. Nous nous entendions très bien, et je reste persuadé que, sans ce tragique accident, il aurait gagné la course.

– Vous l'aviez donc soigneusement préparé?

– Il était au sommet de sa forme. Je suis certain qu'il aurait pu parcourir six cents milles sans défaillance.

Cribb résolut de passer à l'attaque.

– Que s'est-il donc passé?

– Que voulez-vous dire?

– Lundi soir déjà, il boitait. Est-ce là le fait d'un champion?

– Bah! il avait des ampoules. Rien d'extraordinaire à cela. D'ailleurs, il est probable qu'il n'était pas aussi mal au point qu'il voulait le laisser croire. Il était assez ficelle, vous savez.

– Admettons. Mardi matin, à 1 heure, il a quitté la piste pour venir se reposer. Dans quel état était-il?

– Ces ampoules le tracassaient, naturellement. Mais je lui ai dit que je lui ferais un pansement, et ça l'a rassuré.

– A-t-il mangé ou bu quelque chose?

– Pas à ce moment-là. Il avait avalé un gros morceau de pain tout en courant, et avait surtout besoin de sommeil.

– Qu'avez-vous fait alors?

– Je l'ai laissé se reposer, évidemment.
– Et puis?
– Il s'est endormi.
– Et vous?
Le regard de Monk se voila légèrement.
– J'ai tué le temps jusqu'à son réveil.
– Comment?
Il n'y avait pas d'échappatoire.
– Ecoutez, sergent, j'étais... avec une amie. Je...
– Ici?
– Non. A Finsbury Park. J'ai pris un fiacre, et j'étais de retour à 4 heures. Mais vous comprendrez que je ne puisse vous dire le nom de...
– Laissons la question pour l'instant. Toutefois, notez bien que nous pourrons avoir à y revenir plus tard. Donc, vous êtes rentré à 4 heures pour réveiller Darrell. Lui avez-vous donné quelque chose à boire?
– Un peu de cordial, oui.
– Probablement ceci? dit Cribb en prenant le flacon dans l'armoire. Qu'y a-t-il dedans?
Monk lui décocha un coup d'œil soupçonneux.
– C'est un tonique. Je le prépare moi-même, avec de l'eau-de-vie, du sucre et de la réglisse. Tous les coureurs prennent un petit reconstituant, de temps à autre.
Cribb considéra un instant le flacon. Il y avait au fond un dépôt qui troublait le liquide quand on l'agitait.
– Qu'y a-t-il d'autre?
– C'est tout.
Sans avertissement, le sergent saisit Monk par son cache-nez.
– Je vous demande ce qu'il y a d'autre.
– Je ne...
Thackeray se pencha vers l'entraîneur.
– Parlez! intima-t-il d'un ton rogue.
– Vous avez ajouté des stimulants, bien sûr! reprit Cribb. Nous ne sommes pas nés d'hier, Monk!

– Et bien, oui, là! J'y mets aussi un remontant.
– Lequel?
– Celui qu'on emploie d'habitude : de la strychnine. C'est très efficace.
Il y avait dans la réponse de Monk une naïveté qui laissa le sergent pantois.
– Aviez-vous déjà utilisé la strychnine?
– Je le fais depuis des années. J'en ai pris moi aussi, autrefois. A petites doses, bien entendu.
Cribb se sentait irrité et intrigué à la fois. Il aurait dû se souvenir que les sportifs faisaient fréquemment usage de certains alcaloïdes, tels que l'atropine et la strychnine.
– Quelle quantité de drogue y a-t-il dans cette mixture?
– J'ai écrasé un cristal et j'ai utilisé la moitié seulement de la poudre ainsi obtenue.
– Combien Darrell en a-t-il bu?
– Je lui en ai donné un gobelet, et il m'en a réclamé un second. Vous pouvez d'ailleurs vérifier : le flacon était plein.
Le sergent garda le silence pendant une minute, étudiant les réactions de son interlocuteur. Son calme apparent était-il dû à l'alcool qu'il avait ingurgité ou bien au fait qu'il avait préparé d'avance toutes ces réponses?
– Je vais être très clair, Mr Monk. Nous sommes en droit de conclure à un homicide par imprudence.
Pour la première fois, un éclair de panique passa dans les yeux de l'entraîneur.
– Mais vous ne pouvez pas m'accuser de ça! s'écria-t-il. Le tétanos est une maladie, je n'y suis pour rien. Pas plus que vous.
Cribb replaça le flacon sur l'étagère de l'armoire.
– Avez-vous jamais entendu parler du faux tétanos?
– De quoi?

– Du faux tétanos. C'est de ça qu'est mort Charles Darrell. Empoisonné par la strychnine!

Le visage de Monk se crispa.

– L'autopsie a eu lieu ce matin de bonne heure, et on a trouvé de la strychnine dans les viscères. Mais pas en petite quantité, Mr Monk. Pas la moitié d'un cristal, mais une dose massive. Vous l'avez versée dans le flacon comme s'il s'était agi de sucre en poudre, n'est-ce pas?

Monk secoua la tête, incapable de prononcer une parole.

– Où l'avez-vous achetée? insista Cribb.

– A Bethnal Green, chez Hayward. Un petit pharmacien du quartier.

– Combien vous en êtes-vous procuré?

– Cinq cristaux. Pas un de plus, je le jure! Et je les ai payés assez cher.

– Je n'en doute pas. Avez-vous signé le registre?

– Oui.

– Où se trouve le reste, puisque vous prétendez n'en avoir utilisé qu'une partie?

– Dans ma chambre, à Hackney Wick. C'est là que j'ai préparé mon tonique et les autres cristaux sont dans une fiole.

– Votre adresse?

– 118, Rupert Street.

– C'est noté, Thackeray? Maintenant, Monk, répondez-moi sans détour. Vous nous avez déclaré que le contenu de ce flacon ne saurait tuer un homme et que vous en aviez donné deux verres à Darrell.

– Oui. Et c'est lui qui a réclamé le second.

– N'a-t-il rien bu d'autre?

– Rien.

– Vous en êtes sûr?

– Absolument.

– N'avez-vous commis aucune erreur en faisant cette préparation?

– Aucune. J'ai procédé avec le plus grand soin.

– Je l'espère pour vous. Nous allons dès ce matin faire analyser le contenu de ce flacon. Autre chose : quand l'avez-vous apporté ici?

– Dimanche soir. Le jour même où j'ai élaboré la mixture. On nous avait permis d'entrer dès 10 heures, afin d'inspecter les tentes et de déposer les bagages.

– Où l'avez-vous rangé?

– Dans l'armoire.

– Il y est donc resté jusqu'au moment où vous l'avez repris, le lendemain, pour administrer votre cordial à Darrell?

– Oui.

Monk se rendait maintenant compte de la situation délicate dans laquelle il se trouvait, et il répondait sans la moindre hésitation.

Le sergent Cribb se leva.

– Nous allons contrôler vos déclarations, et je souhaite pour vous qu'elles soient exactes. En attendant, je vous demande de ne pas quitter ce bâtiment jusqu'à nouvel ordre. Avez-vous une tente à votre disposition?

– Oui. Mr Herriott m'a affecté un petit cagibi, tout au fond de la halle.

– Parfait. Allez donc vous coucher. Ne vous remettez pas à boire et surtout ne tentez pas de vous enfuir. Nous avons des agents en faction à chaque issue.

Monk quitta la tente sans ajouter mot. Thackeray se laissa tomber sur une chaise. Cribb, de son côté, s'assit au bord du lit et se mit en devoir de retirer ses chaussures.

– Quelle heure est-il?

Une boutade de music-hall très répandue assurait que les agents, qui avaient souvent affaire, dans les rues sombres, aux fêtards attardés, arboraient très rapidement des montres splendides. Thackeray tira de son gousset une montre en or.

– Il va être 3 heures, chef.

– Bon. Avant de vous rendre au labo, vous aurez le temps d'aller mettre au propre les déclarations de Monk... Eteignez la lumière avant de sortir, s'il vous plaît.

– Que ferons-nous demain matin à mon retour du labo?

– Tout dépendra des résultats que vous me rapporterez. Nous devons découvrir comment Darrell a absorbé la strychnine. Et il faudra aussi que j'aille voir sa veuve.

– L'a-t-on prévenue?

– Bien sûr. Mais elle croit que son mari est mort du tétanos. La pauvre femme va recevoir un drôle de choc. (Le sergent s'allongea sur le lit en étouffant un bâillement.) Réveillez-moi à 4 heures et apportez-moi une tasse de café. Mais regardez bien ce qu'on met dedans!

VIII

Le mercredi matin à 4 heures, une sonnerie retentit. C'est Sol Herriott qui avait eu l'idée d'annoncer de cette façon la reprise de l'épreuve. Il pouvait ainsi aller prendre quelques jours de repos dans un hôtel du quartier sans être obligé de sortir du lit en même temps que les concurrents.

Déjà, les entraîneurs tiraient les athlètes de leur sommeil selon des méthodes éprouvées : couvertures brutalement arrachées, éponge gorgée d'eau froide pressée au-dessus du visage du dormeur récalcitrant. Bientôt, un chœur de protestations ponctuées de jurons bien sentis s'éleva des fragiles abris de toile.

Quelques minutes plus tard, ayant avalé leur gamelle de gruau d'avoine, les champions, traînant la jambe et frissonnant, gagnèrent la piste, Billy Reid en tête. Chalk, Williams et O'Flaherty se mirent à discuter de la tactique à adopter.

– Chadwick a besoin d'une bonne leçon, suggéra Williams. Il court désormais sur notre piste, et si nous ne mouchons pas cet animal, nous sommes des lavettes. Rien d'autre.

– C'est impossible, fit remarquer l'Irlandais. Tu serais disqualifié avant d'avoir pu lever le petit doigt. Son entraîneur ne quitte pas les abords de la piste une seule seconde, et il y a dans le public trop de mordus qui ne jurent que par lui. Tu te ferais proprement assassiner.

– Pas si nous nous en occupons maintenant, avant le jour.

– Des clous! Je te répète que rien n'échappe à Harvey. Et regarde les autres : les chronométreurs et ce sacré Jacobson. Mieux vaut nous tenir à carreau en espérant que Chadwick se claquera un tendon.

Le métis cracha par terre.

– Ce salaud ne calera pas, à moins que... nous ne l'aidions un peu.

Chalk intervint à son tour.

– Ouais. En supposant que vous le coinciez ce matin, je vais vous dire, moi, ce qui se passera ensuite. On annulera la course, et nous, on ne sera chopé des ampoules pour des prunes! Soyez pas idiots. Herriott et Jacobson n'ont pas organisé l'épreuve pour le plaisir de nous voir ramasser la cagnotte. Si Chadwick disparaît de la piste avant samedi, nous aussi!

L'argument était convaincant. Williams retomba dans un silence boudeur.

– Bien dormi, Feargus? continua Chalk d'un air dégagé.

– Mieux que la première nuit. Mais cette odeur de désinfectant m'incommode. Ça m'empêche de respirer.

– As-tu vu le moucheron, ce matin?

– Mostyn-Smith? Non. Et je ne crois pas qu'il osera se montrer tant que je serai là. Si je l'attrape, je l'assomme! Le tétanos, qu'il disait! L'imbécile... à cause de lui, on a passé toutes les turnes au phénol, et maintenant qu'on est empesté par cette saloperie, on nous annonce que Darrell est mort empoisonné. Un docteur, ça? Je ne serais d'ailleurs pas étonné d'apprendre qu'il a lui même administré la strychnine à Charlie. Tiens, regarde-le donc. Est-ce que tu peux te représenter cet avorton en redingote et chapeau melon?

Ils tournèrent les yeux vers Mostyn-Smith qui, le visage rouge et la barbe en broussaille, venait de se remettre en route dans son style excentrique. Au vrai, on l'imaginait mal allant visiter ses malades dans un élégant cabriolet de médecin.

Comme les trois hommes arrivaient sur la piste, ils adressèrent un signe aux chronométreurs pour leur faire comprendre qu'ils étaient prêts. Au même moment, Erskine Chadwick sortit de sa tente, étrillé de frais – il était le seul à se raser chaque matin –, l'air faussement ingambe dans ses vêtements tout propres. Mais dès qu'il eut mis les pieds sur la piste, sa fatigue transparut, et il fut le dernier à s'élancer.

Thackeray avait réveillé Cribb à 4 heures précises en lui apportant son café. Le sergent espérait paresser au lit afin de passer en revue les déclarations de Monk et décider de la suite à donner à son enquête. Mais Thackeray était revenu porteur d'un cageot vide dans lequel il se mit à entasser à grand bruit tout le matériel qui se trouvait dans l'armoire. Arraché à ses méditations, Cribb se leva avec un soupir et enfila ses chaussures.

– C'est fini? grommela-t-il. Si oui, apportez tout ce bazar au bureau, et nous irons ensuite casser la croûte.

– Il faut aussi que je passe au labo, chef.
– Je vous y déposerai en me rendant chez Mrs Darrell.

Cribb dut attendre dans le vestibule de la maison des Darrell, à Finsbury Park, la femme de chambre lui ayant annoncé que sa maîtresse n'était pas encore prête à le recevoir. Il ne fut introduit qu'un quart d'heure plus tard dans le petit salon où il trouva la jeune femme occupée à coudre une voilette noire sur un chapeau.

– Désolé de vous déranger, dit-il après s'être présenté. Je sais que ce n'est guère une heure convenable pour faire une visite, mais...

Mrs Darrell l'interrompit, comme si elle était impatiente d'aborder la discussion.

– Il s'agit de Monk, n'est-ce pas? Il est allé vous voir. Je me doutais qu'il agirait de la sorte en apprenant que j'avais l'intention de demander conseil à un homme de loi. Eh bien, cela ne change rien! Je suis toujours décidée à le poursuivre pour négligence professionnelle. Outre la perte de mon mari, je subis par sa faute un préjudice financier important. Sans l'insouciance coupable de Monk, nous aurions pu entrer en possession d'une somme considérable. Je ne comprends pas ce qu'il espère gagner en s'adressant à vous.

Cribb ouvrit la bouche pour protester, mais Mrs Darrell ne lui en laissa pas le temps.

– Cette affaire ne regarde en aucune façon la police, poursuivit-elle, virulente. Monk a failli à son devoir, et c'est tout. Avez-vous lu les journaux? Il a laissé Charles marcher nu-pieds sur cette piste repoussante de saleté. C'était véritablement criminel : Comment mon mari aurait-il pu se rendre compte du danger qu'il courait, après l'énorme effort qu'il avait soutenu au cours de ces premières vingt-quatre heures? C'était à Monk de veiller. Et il ne l'a pas fait. Même si je n'obtiens pas de dommages et intérêts, je demanderai qu'on lui interdise de continuer son métier d'entraîneur.

– Mrs Darrell, vous devriez écouter ce que j'ai à vous dire. Il ne s'agit pas de tétanos. Les analyses effectuées hier soir prouvent sans conteste que votre mari est décédé des suites d'un empoisonnement par la strychnine.

Elle le dévisagea, les yeux agrandis de stupeur. Le sergent crut un instant qu'elle allait s'évanouir. Il chercha du regard le cordon de la sonnette. Mais Cora se ressaisit, et un peu de couleur revint à ses joues.

– Je ne comprends pas. Vous voulez dire qu'il aurait mangé...

– Mangé ou bu, madame. Nous sommes en train de faire analyser tout ce qui se trouvait dans son armoire, en fait de nourriture et de boisson.

Cora eut un haut-le-corps.

– C'est affreux! Monk a tué mon mari. C'est encore pire que je ne l'imaginais. Lui seul s'occupait de la nourriture de Charles. Personne d'autre n'y touchait. Y a-t-il donc mis du poison? J'ai toujours pensé que cette drogue qu'il lui faisait absorber pouvait être dangereuse, mais Charles ne voulait pas l'admettre. Il prétendait que tout le monde en prenait.

– De quelle drogue voulez-vous parler, Mrs Darrell?

– Je songe à toutes ces mixtures qui donnent un coup de fouet. Si Monk a commis une erreur de dosage – vous savez qu'il boit sec –, il a parfaitement pu transformer le tonique en un poison mortel. Vous lui avez parlé, n'est-ce pas? Et je suppose qu'il nie.

– Vous saviez donc qu'il avait préparé un breuvage que votre mari devait prendre au cours de l'épreuve?

– Oui, bien sûr. C'était l'habitude.

– Mr Darrell ne voyait-il pas d'inconvénient à laisser Monk se charger de cela?

Cora se tamponna doucement les yeux avec un mouchoir de dentelle.

– Je lui avais souvent recommandé la prudence.

– Avait-il pris de la strychnine en d'autres occasions?

– Naturellement, je viens de vous le dire. C'était un professionnel, qui courait dans les épreuves importantes, et s'il voulait se mesurer à armes égales avec les autres, il était obligé d'avoir recours aux mêmes procédés qu'eux. Cela me faisait si peur que, parfois, je ne pouvais trouver le sommeil. Mais j'étais incapable de l'en empêcher. Il me disait toujours qu'il se sentait bien plus en forme quand il avait pris ce tonique.

– Depuis combien de temps utilisait-il cette drogue?

– En réalité il n'en prenait que lorsqu'il faisait des courses de grand fond. La première fois, c'était à Manchester, il y a deux ans. Depuis cette époque, il avait dû participer à une douzaine d'épreuves du même genre.

Maintenant qu'elle avait retrouvé ses esprits, les réponses de Mrs Darrell devenaient plus cohérentes.

– Si Monk est responsable, déclara le sergent, je tiens à connaître les circonstances exactes du drame. A-t-il commis une maladresse? Il a pourtant bonne réputation. On le considère même comme le meilleur entraîneur d'Angleterre. Pourquoi se serait-il trompé cette fois?

– Je sais seulement qu'il boit plus que de raison.

– Vous pensez qu'il aurait pu forcer la dose à un moment où il était pris de boisson? C'est possible. Nous le saurons lorsque nous aurons le résultat de l'analyse. (Le sergent se gratta pensivement le menton.) Supposons maintenant qu'il n'ait pas commis d'erreur. Votre mari n'avait aucune raison de se suicider, n'est-ce pas?

– Qu'allez-vous imaginer! s'écria Cora d'un ton indigné, comme si elle voyait dans cette hypothèse un affront personnel. Il réussissait très bien dans sa profession, il gagnait de l'argent, il avait fait un mariage heureux...

– Pas de dettes, par conséquent? Vous comprendrez que je sois obligé de vous poser la question.

– Pas de dettes! répéta Mrs Darrell d'un ton sec.

– Dans quel état d'esprit était-il au début de la compétition?

– Il croyait à la victoire. Je ne l'avais jamais vu en aussi grande forme. Monk, il faut le reconnaître, l'avait remarquablement préparé.

– En ce cas, la possibilité d'une erreur de sa part n'en est que plus douteuse, ne pensez-vous pas? A propos, j'ai lu dans le journal que vous vous étiez rendue à l'Agricultural Hall dans l'après-midi de lundi. Votre présence a même fait sensation, paraît-il.

Cora rougit de plaisir, se demandant où Cribb avait vu cela. Mais elle ne pouvait décemment le lui demander.

– Oui, je voulais voir Charles. J'ai pu constater qu'il n'avait aucun ennui à ce moment-là.

– Lui avez-vous parlé?

– Non. Je ne voulais pas le déranger.

– Mais vous avez eu une conversation avec Monk, je crois?

– Oui.

Une fois de plus, Cora rougit. Très légèrement, mais Cribb ne put s'empêcher de le remarquer.

– Vous ne lui avez pas toujours été hostile, n'est-ce pas?

Cora avait retrouvé tout son calme.

– Je me suis montrée polie envers lui, bien sûr, et je

l'ai prié de me conduire à la tente de Charlie. Je tenais à m'assurer qu'elle était suffisamment confortable.

– Et l'était-elle?

– Son aménagement m'a paru correct.

– Avez-vous aperçu une fiole ou un récipient quelconque?

– Il n'y avait rien en vue quand je suis entrée. Mais, en ouvrant l'armoire, j'y ai trouvé un certain nombre de bouteilles parmi lesquelles un flacon vert que Monk utilisait pour son tonique.

– Ah oui? Quelle heure était-il?

– Je ne saurais le dire avec précision. Il devait être... environ 4 heures.

– Le comportement de Monk vous a-t-il paru normal?

– Mon Dieu, oui!

Cribb se leva.

– Eh bien, Mrs Darrell, je vous remercie d'avoir accepté de m'aider en des circonstances aussi tragiques. Nous allons maintenant chercher à établir comment votre mari a absorbé le poison. Je pourrai vous le faire savoir si vous le souhaitez...

– Vous êtes très aimable, répondit Cora en sonnant la femme de chambre. Autre chose, sergent. Je voulais vous parler des effets personnels de mon mari : sa montre, ses boutons de manchettes... Je n'aimerais pas que tout cela fût égaré.

– Ne vous inquiétez pas, madame. La tente est constamment surveillée, et personne ne peut y pénétrer que mon adjoint et moi-même.

– Me sera-t-il possible d'aller récupérer ces objets?

– Bien sûr. Je peux les faire porter à mon bureau, si vous le désirez.

– Inutile. Je me rendrai à la halle cet après-midi, déclara la jeune femme d'un air décidé.

– Excusez-moi, je préférerais dans la soirée, si cela

vous agrée. Il y aura moins de monde, et vous ne serez pas importunée par les journalistes. Mieux vaut que vous veniez vers 10 heures, s'il vous est possible de trouver quelqu'un pour vous conduire jusqu'à Islington.

– Vous avez sans doute raison. Eh bien, c'est entendu comme ça.

– Je dirai à mon adjoint de vous attendre. Il se peut que je sois moi-même retenu ailleurs.

La femme de chambre venait d'entrer avec le pardessus, le chapeau et le parapluie du sergent. Elle fut un peu surprise du clin d'œil qu'il lui lança, à l'insu de sa maîtresse, en faisant cette dernière remarque. Elle lui rendit un sourire discret.

L'instant d'après, lorsque la porte du salon se fut refermée sur Cora Darrell et qu'il se retrouva seul dans le hall avec la soubrette, Cribb lui décocha une seconde œillade.

– Vous êtes sans doute très occupée à répondre aux coups de sonnette. Beaucoup de visiteurs, hein?

La jeune fille laissa échappa un gloussement.

– Surtout quand votre maître était à l'entraînement, n'est-ce pas?

Elle porta la main à sa bouche pour étouffer un petit rire. Comme ils longeaient l'étroit couloir conduisant à la porte d'entrée, Cribb lui frôla discrètement la taille.

– Quel est votre soir de sortie?

– Le lundi.

Elle semblait éprouver un rien de remords, mais Cribb tenait le renseignement qu'il désirait.

IX

Assis à l'extrémité de la halle, le sergent suivait la course d'un œil sombre lorsque Thackeray fit son apparition.

– Je n'arrive pas à comprendre, grommela Cribb, ce que l'on peut bien trouver à ce genre d'exploit! Du sport, ça? Regarder un pauvre bougre qui traîne la godasse n'a rien de particulièrement exaltant.

Thackeray toussota. Le sergent lui jeta un coup d'œil et reporta son attention sur la compétition.

– Bien sûr, les enjeux sont importants : Il y a beaucoup de parieurs. Mais six jours! Moi, j'aime mieux le turf. Là, au moins, on a les résultats en cinq minutes.

Thackeray hocha la tête, plus préoccupé par la nouvelle qu'il apportait que par les états d'âme de son supérieur.

– La drogue était dans le flacon, chef, annonça-t-il.

– Dans le tonique préparé par Monk?

– Oui. Et il y en avait assez pour expédier tous les coureurs dans l'autre monde. Il a dû l'y verser avec une louche.

– Et dans la nourriture?

– Rien, pas plus que dans les autres bouteilles.

– Il s'agissait bien de strychnine?

– Pas le moindre doute à ce sujet. Une quantité beaucoup plus importante que celle que Monk déclare avoir achetée. Darrell n'avait aucune chance d'en réchapper, même avec un seul verre.

– Hum! Ça sent mauvais pour Monk. Mais pas un mot pour l'instant. Vous n'en avez parlé à personne?

– Bien sûr que non! répondit Thackeray d'un air outragé.

– Parfait. Il nous faut maintenant contrôler les déclarations de Monk. Vous allez vous rendre à la pharmacie de Bethnal Green pour savoir ce que notre homme a véritablement acheté. Demandez à voir le registre et vérifiez la signature. Renseignez-vous également sur les dates auxquelles Monk s'est précédemment procuré de la strychnine et sur les quantités qui lui ont été délivrées. Mais allez-y avec douceur; le pharmacien pourrait mentir s'il se croit compromis.

– Comptez sur moi.

– Après quoi, faites-vous remettre la clef de l'appartement de Monk et trouvez la fiole qui renferme les cristaux restants. Effectuez une fouille en règle : il a pu dissimuler de la drogue ailleurs.

– Quand devrai-je vous remettre mon rapport?

– Demain matin à la première heure, ici même. Et maintenant, filez.

Tandis que Thackeray s'éloignait, Cribb s'avança vers l'endroit où se tenaient les bookmakers, au milieu des vendeurs d'oranges, de galettes et de bonbons à la menthe. L'après-midi était une période creuse pour les paris, et certains books avaient déserté leur stand pour ne revenir que dans la soirée. Cribb s'approcha d'un bonhomme trapu et rubicond.

– Tiens, le Major! s'écria-til. Je ne pensais pas vous rencontrer ailleurs que sur le turf. Que se passe-t-il? Les chevaux ne rapportent pas, ces temps-ci?

Le bookmaker eut une seconde d'hésitation.

– Mais bien sûr, c'est Wally Cribb, le flic le plus astucieux de la capitale! Quel est votre favori, sergent? Que dites-vous de ces deux-là? (Il désigna du menton Chalk et O'Flaherty qui passaient au petit trot.) Ils feront une bonne cote, en comparaison de Chadwick.

Cribb hocha la tête.

– Vous me connaissez, Major. Si l'administration me payait mieux, je pourrais peut-être miser de temps à autre sur un bourrin intéressant, à Epsom ou à Newmarket. Mais ici... D'ailleurs, je suis en service. Sinon, je ne serais pas à Islington en ce moment, vous pouvez me croire.

– Vous contrôlez les licences? s'informa un second bookmaker qui venait de s'approcher.

– Contrôler les licences, c'est pas le boulot d'un

sergent, décréta le Major. Non, Cribby s'occupe du gars qui est mort, c'est évident. Mais inutile de lui demander des tuyaux : il ne t'en donnera pas. Que pouvons-nous faire pour vous, sergent?

– Charles Darrell avait misé de l'argent sur lui-même, non?

– Ouais. Ils le font tous. Mais il fallait quand même avoir une fameuse confiance en soi pour engager cent livres.

– Il se croyait donc sûr de gagner? fit Cribb d'un air pensif.

– Tout ce que je peux dire, c'est qu'il avait l'air en grande forme, affirma le Major.

Harvey avait apporté du restaurant voisin une portion de canard rôti.

– Je suis exténué, déclara Chadwick après avoir ôté ses chaussures. Débouche-moi du vin, veux-tu?

Harvey alla prendre dans l'armoire une bouteille de Graves dont il versa une petite quantité dans le verre du capitaine.

– Remplis-moi ça, mon vieux! Nous ne sommes pas au *Café Royal*, ici! Et masse-moi les jambes, sinon je serai incapable de retourner en piste. (Chadwick se renversa dans son fauteuil en poussant un gémissement.) J'ai aussi une douleur dans le cou. Vois si tu peux y faire quelque chose. Je me demande si je vais endurer de tels tourments trois jours de plus. Maintenant que j'ai quitté la piste intérieure, me voici livré à la hargne des brutes que les organisateurs ont racolé dans les bas-fonds. Ne sachant courir, il cognent.

– J'ai parfaitement vu ce qui s'est passé. Ils cherchent à vous faire abandonner, et ça m'inquiète. Ils n'oseront pas vous blesser, cependant. Ils se contenteront de quelques coups de coude dans les côtes et coups de pied dans les tibias. C'est ainsi qu'ils entendent vous saper le moral. Je le sais, car j'ai surpris leur conversation. Mais il ne faut vous laisser abattre en aucune manière.

Chadwick s'empara d'une orange.

– Tu as raison. Eh bien, lace-moi mes chaussures. Il faut que j'y retourne.

En dépit des prévisions pessimistes de Sol Herriott, les entrées furent, au cours de la soirée, plus nombreuses que jamais et, pour la première fois, les tribunes étaient pleines. Peut-être la foule venait-elle voir Chadwick se défendre sur la piste extérieure. A moins que ce ne fût la mort tragique de Darrell qui l'ait alléchée : avec un peu de chance, on pourrait assister à un second drame. Chadwick avait franchi le cap des deux cent cinquante milles à 2 heures de l'après-midi, salué de quelques applaudissements courtois. Mais lorsque, vers 10 heures, Billy Reid et Peter Chalk le passèrent à leur tour, il y eut un tonnerre d'acclamations. Cependant, le coureur le plus ovationné fut sans conteste O'Flaherty. Sa stature imposante et ses cheveux d'un roux flamboyant le rendaient aisément reconnaissable sur la piste, et puis on voyait en lui le seul concurrent capable d'inquiéter sérieusement le favori. Williams qui, jusqu'à midi, était resté à la hauteur de l'Irlandais, avait dû ralentir son allure à cause d'ampoules qui le mettaient à la torture. Quant à Mostyn-Smith, il ne paraissait nullement se ressentir de son manque de sommeil et ceux qui s'étaient gaussés de son train de sénateur étaient forcés de reconnaître qu'il s'en tirait fort honorablement. Le Moucheron n'était plus la risée de l'arène.

Herriott et Jacobson observaient la course en se réjouissant des acclamations de la foule lorsqu'un employé vint s'immobiliser respectueusement devant eux.

– Excusez-moi, Mr Herriott, il y a à l'entrée une dame qui demande à vous parler.

Cora Darrell, en grand deuil, attendait en compagnie de sa femme de chambre qui tenait une mallette à la main. Herriott les fit pénétrer dans son bureau.

– Je n'ai pas besoin de vous dire, commença-t-il, combien...

La jeune femme lui coupa la parole.

– J'ai reçu un choc terrible, et j'ai conscience d'avoir usé hier de termes regrettables. Mais j'ignorais les circonstances exactes de la mort de Charlie, et puis... je n'étais plus moi-même.

– Je me suis parfaitement rendu compte de votre douleur, et croyez bien que ce petit incident est oublié. Dites-moi plutôt ce que je puis faire pour vous.

– Je suis venue chercher les affaires de Charlie. Mais je voudrais pouvoir me rendre à la tente sans attirer l'attention. Voulez-vous m'accompagner, Sol?

– J'en serai très honoré. Y a-t-il beaucoup de choses à récupérer? Peut-être pourrais-je vous les faire apporter ici?

– Non. Je tiens à aller les prendre moi-même. (La jeune femme s'interrompit et hésita quelques secondes avant de poursuivre :) Est-ce que Sam Monk est toujours ici? Je ne souhaite pas le rencontrer.

Herriott posa sa main sur le bras de Mrs Darrell en un geste qu'il voulait rassurant.

– Vous ne le verrez pas, Cora. On ne lui a pas permis de s'approcher de la tente depuis... Je l'ai aperçu ce matin au bar, fort occupé à s'enivrer. Il doit être fin saoul maintenant.

Ils fendirent la foule sans se faire remarquer, les spectateurs étant trop absorbés par la course pour accorder un regard à la femme voilée qui passait. Cependant, comme ils approchaient des tentes, Sam Monk surgit soudain devant eux. Il s'appuyait d'une main à un stand et, de l'autre, tenait une bouteille de whisky à moitié vide. Cora s'arrêta net et se mit à l'abri derrière le large dos de Sol Herriott. Au même moment, Jacobson apparut.

– Walter, soyez assez gentil pour nous débarrasser de cet individu.

Après un mot d'explication, le policier en faction devant l'ancienne tente de Darrell laissa entrer la jeune veuve et sa femme de chambre. Herriott s'éloigna.

La salle se vidait peu à peu, et les coureurs semblaient avoir perdu leur entrain. Reid s'approcha de Chalk.

– Pas mal de monde, ce soir, hein?

– Tu parles! Et le dernier jour, ils seront entassés dans les tribunes comme des harengs dans un baril. C'est toujours comme ça, tu verras. Du moins... s'il te reste des jambes.

– Il y a encore des gars qui ont abandonné aujourd'hui. Et j'avais presque envie de faire comme eux. La moitié des tentes doivent êtres vides, maintenant.

– Ouais. Il serait temps qu'on nous en donne une par tête de pipe. J'en ai ma claque, moi, de partager la mienne avec un cul-terreux du Yorkshire qui ne dit presque rien, et quand il ouvre la bouche, je n'arrive pas à comprendre un mot de ce qu'il baragouine. En plus, hier soir, je l'ai pincé en train de siroter mon grog.

– Tu crois qu'on pourrait avoir une tente par personne, si on le demandait?

– Pourquoi pas? On a bien filé une cabine à ce salaud de Monk. Un empoisonneur, c'est dans le ruisseau que ça devrait coucher!

– Tu penses qu'il avait vraiment l'intention de tuer Darrell?

– Peu importe! De toute façon, c'est un fumier! reprit Chalk en crachant. Et après ça, s'il veut retrouver du boulot, il fera mieux d'aller s'engager dans une ferme pour nettoyer les écuries.

JEUDI

X

Feargus O'Flaherty dormait paisiblement, ses boucles rousses répandues sur le sac qui lui servait d'oreiller. Le terrible effort qu'il avait fourni au cours de la soirée l'avait laissé épuisé mais satisfait. Huit milles seulement le séparaient désormais du favori. Huit milles qu'il pourrait regagner peu à peu. Le public le soutenait; samedi il serait à égalité avec son adversaire. Alors s'engagerait une lutte farouche pour la victoire, et il coifferait Chadwick au poteau. Combien la vie serait différente, à partir de ce moment-là! Il deviendrait une célébrité digne de se mesurer avec les grands champions. O'Flaherty, le Cerf de Dublin, vainqueur de la Course des Six Jours! Il voyagerait en Europe et en Amérique, tandis que Moira descendrait Regent Street en phaéton pour aller s'offrir des robes et des chapeaux...

– Excusez-moi, O'Flaherty.

Le dormeur s'agita.

– Il faut vous réveiller, mon vieux. Je viens de quitter la piste, et la lumière est allumée dans la tente de Chadwick.

L'Irlandais souleva ses paupières lourdes de sommeil. Mostyn-Smith était assis près de lui. Il s'étira, puis rejeta les couvertures.

– Je ne comprends pas comment vous pouvez vous contenter d'une demi-heure de repos, dit-il avec une nuance d'admiration.

Il souleva le pan de toile pour se rendre aux lavabos situés derrière les tentes. Mostyn-Smith l'arrêta.

– Vos chaussures! Il ne faut pas patauger pieds nus dans ces flaques fétides. J'admets m'être trompé en ce qui concerne la mort de Darrell, mais le risque du tétanos n'en subsiste pas moins.

O'Flaherty fit demi-tour, enfila ses chaussettes et ses souliers, puis sortit en frissonnant.

L'eau était glacée. Il remplit un seau qu'il transporta à quelques pas de là. Il ne s'était pas lavé depuis vingt-quatre heures. Lorsqu'on n'a ni entraîneur ni assistant pour préparer un baquet d'eau chaude, il faut bien se contenter d'une toilette sommaire. Et pas question de perdre un temps précieux à se raser.

Le visage ruisselant, il se redressa et inspira profondément. Il flottait dans l'air un relent désagréable mais sans rapport avec la puanteur des latrines toutes proches. Il toussa, renifla de nouveau... Oui, c'était bien une odeur de gaz. Mais d'où provenait-elle? Il n'y avait près de lui que le tuyau d'eau. Il se retourna et comprit aussitôt. L'odeur venait d'une des cabines laissées vacantes par les coureurs qui s'étaient retirés de la compétition. Le dernier occupant avait dû partir en laissant le robinet du réchaud ouvert.

O'Flaherty n'avait pas le temps d'aller se rendre compte sur place; Chadwick devait être en piste. Il regagna la tente qu'il partageait avec Mostyn-Smith. Le petit docteur était déjà plongé dans le sommeil. Tel un fakir, il semblait pouvoir s'endormir et se réveiller à volonté. Drôle de bonhomme! L'Irlandais se coupa une tranche de pain qu'il avala avec un bout de fromage, et repartit aussitôt.

A sa grande surprise, il constata que Chadwick n'était pas encore prêt. Seul Billy Reid tournait dans l'arène. O'Flaherty s'approcha de Jacobson qu'il apercevait un peu plus loin avec un groupe d'employés.

– Ça sent le gaz près des cabines du fond, expliqua-t-il. On a dû oublier de fermer un robinet.

– Derrière les lavabos? demanda le directeur d'un air distrait.

– Oui. Il s'agit sûrement de la dernière cabine de la rangée.

– Bon. J'irai y faire un tour dans un moment.

L'Irlandais se dirigea sans plus attendre vers la piste et s'élança au petit trot. A ce rythme, il aurait regagné les huit milles dès vendredi.

Jacobson jeta un coup d'œil à sa montre, salua d'un signe de tête Chadwick qui venait d'apparaître et s'éloigna. Il était à quelques pas seulement de la cabine signalée par O'Flaherty lorsqu'une idée lui traversa soudain l'esprit. Il se précipita. La porte était coincée, et il dut appuyer l'épaule contre le panneau pour l'ouvrir. Une forte odeur de gaz le saisit à la gorge. Il recula pour prendre une profonde inspiration et entra.

Sam Monk était toujours allongé sur le lit, à l'endroit même où il l'avait laissé quelques heures plus tôt. Le réchaud et le bec de gaz sifflaient dans la pénombre. Il les ferma et sortit en hâte. Un coup d'œil lui avait suffi pour comprendre qu'il aurait été vain de vouloir ranimer l'entraîneur. Il ne restait plus qu'à avertir le policier en faction devant l'ancienne tente de Darrell.

– Vous dites que c'est O'Flaherty qui a le premier décelé l'odeur de gaz? demanda Cribb à Jacobson comme ils approchaient de la cabine où gisait le cadavre. Quelle heure était-il?

– 4 heures et quelques minutes.

– Et, si j'ai bien compris, vous avez dû forcer la porte?

– Elle était coincée; je l'ai poussée d'un coup d'épaule.

Ils entrèrent. Le sergent se pencha pour examiner le corps, tandis que Jacobson imprimait à la porte un rapide mouvement de va-et-vient. Lorsque le gaz fut enfin chassé, il alluma la lampe. C'est alors qu'il avisa une feuille de papier posée sur la table de chevet.

– Il y a quelque chose d'écrit là-dessus, dit-il en la tendant à Cribb.

Mais le policier la reposa sans lui accorder un regard.

– Whisky, déclara-t-il en se relevant.

– Oui, confirma Jacobson. J'ai dû le raccompagner, hier soir. Il était complètement soûl.

– Tiens donc...

– C'est Mr Herriott qui me l'avait demandé. Il se trouvait avec Mrs Darrell et j'ai cru comprendre qu'il craignait un esclandre. J'ai donc saisi Monk par le col de sa veste et je l'ai reconduit jusqu'ici où il s'est aussitôt effondré sur le lit.

– Avez-vous allumé le gaz? interrogea Cribb en examinant la feuille qu'il venait enfin de ramasser.

– Non. Je suis ressorti immédiatement.

Cribb leva les yeux vers l'aérateur. Il était fermé.

– Joli petit suicide, hein? Le gaz a dû envahir le cagibi en un rien de temps. Vous avez vu ce qui est écrit sur ce papier?

Jacobson secoua la tête.

– *Je suis absolument navré, il n'était pas dans mes intentions de le tuer*, lut le policier à haute voix. Signé : *MONK.*

– Pauvre bougre! commenta Jacobson. C'est donc le remords qui...

Cribb ne répondit pas. Il avait entrepris de fouiller les poches du mort.

– Ce message n'était pas là quand vous avez ramené Monk hier soir?

– Certainement pas.

– Vous pensez donc qu'il a été écrit plus tard?

– Ma foi, c'est l'évidence.

– Monk était-il en état d'écrire?

Jacobson réprima un geste d'impatience.

– Il faut croire, puisque vous avez ce billet entre les mains.

– L'aérateur était-il fermé?

– Je ne me souviens pas. Mais quand on veut se suicider au gaz, on ne laisse pas un aérateur ouvert, me semble-t-il.

Cribb était trop absorbé dans ses pensées pour relever le sarcasme qui perçait dans la réponse de Jacobson.

– Avez-vous encore besoin de moi? demanda celui-ci après un instant de silence.

– Non, merci.

Jacobson disparu, Cribb s'agenouilla pour examiner le sol.

La nouvelle ne tarda pas à se répandre. L'arrivée soudaine de Cribb, l'agitation de Jacobson, tout laissait supposer qu'une nouvelle catastrophe venait de se produire. Aussi, lorsqu'on vit une civière sortir de la cabine du fond, les concurrents comprirent qu'elle transportait un cadavre.

– Ce n'est que justice, déclara Chalk sans ambages. Monk n'avait plus le droit de vivre, après ce qu'il avait fait.

– En tout cas, ce salaud a eu une fin moins terrible que Darrell, fit remarquer Williams. Pauvre vieux Charlie! Maintenant, Chadwick va pouvoir mettre la main sur les cinq cents livres sans trop se fatiguer.

– Pas si vite! O'Flaherty le talonne bougrement. Quand il y a du fric en jeu, il faut compter avec lui.

– L'Irlandais? Battre Chadwick? Tu rigoles!

Chalk n'insista pas. De toute évidence, les succès de O'Flaherty faisaient des envieux.

– Tiens, reprit Williams au bout d'un instant, voilà le flic qui rapplique.

Thackeray se hâtait en effet vers la cabine où Cribb était encore au travail.

– Celui-là, mon gars, il cache drôlement bien son jeu! En voyant les grands pieds plats et la bedaine qu'il trimbale, on ne croirait pas qu'il a pu tenir un mille sur cette piste, hein? Eh bien, demande plutôt au Moucheron; il a couru avec lui, hier soir.

Williams partit d'un grand éclat de rire.

– Vous avez vu Monk, hier, après mon départ, n'est-ce pas? demanda Cribb. Comment l'avez-vous trouvé?

– Ma foi, répondit Thackeray, il avait bu un verre ou deux, mais il n'était pas ivre.

– Paraissait-il abattu?

– Je n'en ai pas eu l'impression. Mais, vous savez, je ne suis pas très bon juge en la matière. Ma femme me dit toujours...

– Vous lui avez demandé l'autorisation de se rendre à son appartement?

– Oui, et il m'a remis la clef sans faire la moindre difficulté. Il m'a même indiqué l'endroit où je trouverais la strychnine.

Thackeray tira la fiole de sa poche. Cribb l'examina et la retourna doucement.

– Les cristaux sont bien là. Il nous avait donc dit la vérité sur ce point.

– Je me suis rendu ensuite chez le pharmacien. Il connaissait Monk depuis longtemps, et se rappelait parfaitement lui avoir vendu de la strychnine vendredi dernier. Il m'a avoué qu'il traitait des affaires du même genre avec d'autres entraîneurs. Mais il ne délivre la drogue qu'en très petite quantité, et il fait toujours signer le registre à ses clients.

– Monk l'avait-il signé, lui aussi?

– Oui.

Cribb prit le message trouvé sur la table de chevet et le présenta à son subordonné.

– Regardez ça. Est-ce la même signature?

Thackeray examina le billet en se grattant la barbe.

– Exactement la même, chef.

– Avez-vous parcouru le registre du pharmacien?

– Bien entendu, rétorqua Thackeray avec un large sourire. Et j'y ai relevé plusieurs fois la signature de Monk, au cours des quatre dernières années. Il achetait toujours la même quantité de strychnine.

– C'était donc un client régulier.

– Oui. Mais il ne s'en procurait que lorsqu'il entraînait un coureur en vue d'une compétition importante. Le pharmacien m'a affirmé s'en être assuré.

– Parfait. Maintenant, mon vieux, mettez-vous donc à genoux et tâchez de me trouver un crayon. Vous aurez peut-être plus de chance que moi.

– J'en ai un dans ma poche. Il est à votre disposition.

– Ce n'est pas le vôtre que je veux, mais celui de Monk. Je n'ai rien trouvé sur lui, pas plus que dans cette sacrée turne. Alors, avec quoi a-t-il écrit son billet?

Thackeray se mit péniblement à quatre pattes. Quelques minutes plus tard, il se relevait, bredouille.

– Pas de crayon, chef. Monk a dû rédiger ce mot un peu plus tôt, avant que Jacobson ne l'ait ramené ici.

– Nous savons qu'à ce moment-là il était ivre. Il s'est écroulé sur le lit comme une masse. Il nous faudrait donc admettre qu'il s'est relevé après le départ de Jacobson, qu'il a tiré le papier de sa poche et l'a placé bien en évidence sur la table de chevet. Puis il a fermé soigneusement l'aérateur et ouvert le gaz avant de se recoucher. Cette version des faits vous paraît-elle plausible, Thackeray?

– Certains individus se dégrisent assez vite. C'est d'ailleurs ce qui est arrivé à Monk le soir où nous l'avons interrogé, rappelez-vous. D'autre part, on n'a découvert son corps qu'à 4 heures. Et il en était à peine 11 lorsque Jacobson l'a reconduit ici.

– Je vous accorde que ce n'est pas absolument impossible, même si ça paraît invraisemblable. Mais pour quelle raison aurait-il agi ainsi?

– Pour quelle raison? Il me semble que ce mot l'explique clairement.

– Vous croyez toujours que Monk a tué Darrell?

Thackeray passa rêveusement la main dans sa barbe hirsute. Ou bien le sergent était naïf, ou bien il était trop subtil pour que l'on pût suivre sa pensée.

– Résumons-nous. Si Monk a tué Darrell accidentellement, alors il nous a menti, puisqu'il a juré hier après-midi ne pas avoir mis dans le flacon plus de strychnine qu'il n'était nécessaire. Or vous avez trouvé chez lui la quantité exacte de drogue qu'il nous avait indiquée. D'autre part, l'analyse a montré que le tonique était saturé de strychnine : il en contenait bien plus que Monk n'en a acheté chez son pharmacien, ces quatre dernières années! Nous pouvons dès lors exclure l'hypothèse de l'homicide par imprudence. Si Monk a rajouté de la drogue dans le cordial, c'était pour tuer Darrell.

– Mais... le mot écrit de sa main, alors?

– Je ne l'oublie pas. Mais je suis persuadé que nous nous trouvons en présence d'une affaire complexe, mon vieux. Probablement un double meurtre. Ou, tout au moins, un meurtre suivi de suicide.

XI

Au début de l'après-midi, Cribb reçut un message

lui demandant de se rendre d'urgence à la morgue d'Islington. Le médecin l'attendait.

– On nous a apporté ce matin le corps d'un homme décédé à l'Agricultural Hall, et on m'a signalé que vous étiez chargé de l'enquête. Bien que n'ayant procédé pour l'instant qu'à un examen superficiel, ce que j'ai découvert m'a paru assez important pour que je me sente tenu de vous en faire part sans délai. Le crâne de la victime porte la trace d'un coup reçu peu de temps avant la mort. Si vous voulez bien me suivre, vous pourrez vous rendre compte par vous-même.

Cribb fut introduit dans une pièce glaciale où reposait le cadavre, allongé sur un banc.

– Les cheveux ont été arrangés de manière à masquer la blessure, expliqua le médecin. Mais, ainsi que vous pouvez l'observer, il y a des traces de sang et une décoloration importante. Le coup a dû entraîner une perte de conscience immédiate.

– Nous savons que l'homme était ivre. Cette blessure aurait-elle pu être occasionnée par une chute?

– J'en doute, il n'y a ni meurtrissures ni ecchymoses sur le corps. D'après l'aspect de la blessure, je dirai que le pauvre diable a été frappé à l'aide d'un instrument contondant, du genre tisonnier, mais beaucoup plus gros.

– Et il est mort, peu après, asphyxié, ajouta Cribb.

– Ça, je ne pourrai vous le confirmer qu'après l'autopsie.

A l'extrémité de la halle, au-delà de la rangée de cabines et de tentes, se trouvait une salle plus petite qui servait en temps normal à l'exposition des porcs. Et, pour des raisons que l'on pourrait qualifier d'olfactives, on ne l'employait guère à autre chose. C'est pourtant dans cette pièce que pénétrèrent les journalistes en fin d'après-midi, Sol Herriott devant y tenir une conférence de presse.

On avait placé une table au centre et disposé des chaises tout autour, en demi-cercle. Lorsque Herriott entra, en compagnie de Jacobson, tous les sièges étaient occupés. Le silence se fit instantanément.

– Messieurs, je ne vous retiendrai pas longtemps, commença Herriott en pinçant les narines, car je suis aussi sensible que vous aux atmosphères.

Il laissa échapper un petit rire satisfait auquel personne ne fit écho. Les journalistes étaient venus pour obtenir des renseignements et non pour entendre des plaisanteries d'un goût douteux

– Vous savez sans doute que Sam Monk, l'ancien entraîneur du regretté Charles Darrell, a été trouvé mort ce matin dans la cabine qu'il occupait. Le décès est dû au gaz, et une note manuscrite découverte près du cadavre laisse supposer qu'il s'agit d'un suicide. Ces deux tragédies, survenues à si peu d'intervalle l'une de l'autre, nous ont profondément attristés. Mr Jacobson et moi-même avons réfléchi à l'avenir de la compétition en cours, et nous ne sommes pas insensibles aux suggestions qui nous ont été faites d'interrompre l'épreuve par égard pour les deux disparus. Néanmoins, nous avons le devoir de tenir compte également des neuf coureurs qui ont déjà couvert la moitié du parcours. Pouvions-nous annoncer à ces courageux sportifs que leurs efforts avaient été vains et que nous annulions purement et simplement la compétition? Je vous le demande, messieurs! En ce qui me concerne, je ne le crois pas. C'est la raison pour laquelle j'ai fait savoir que l'épreuve se poursuivrait comme prévu. Cependant, par respect envers leurs camarades décédés, nous allons demander aux concurrents de bien vouloir porter un brassard noir. C'est tout ce que j'ai à déclarer pour le moment. Mais peut-être certains d'entre vous ont-ils des questions à me poser?

– Ne serait-il pas plus juste, Mr Herriott, de dire que vous continuez à la demande des policiers, et ce pour leur permettre d'élucider quelques détails troublants?

Herriott se hérissa aussitôt.

– Je ne crois pas connaître votre nom, monsieur.

– Pincher, du *New Examiner.*

– Merci, Mr Pincher. Je vous répondrai ceci : la police a simplement donné l'autorisation de poursuivre la compétition. Elle doit procéder à une enquête de routine qu'il lui sera plus facile de mener à bien si l'épreuve se déroule normalement.

– Vous avez dit « enquête de routine ». Cela signifie-t-il que vous démentez les bruits selon lesquels Charlie Darrell aurait été victime d'un homicide par imprudence, sinon d'un meurtre?

– C'est à la police elle-même d'en décider, Mr Pincher. Un de ces messieurs a-t-il une autre question à me poser?

– Oui, affirma un reporter assis au premier rang. Est-il exact que Mr Monk ait nié être responsable de la mort de Charlie Darrell?

– Je crois que oui, admit Herriott qui n'appréciait pas la tournure que prenait l'entretien.

– Dans ce cas, avez-vous le droit de demander aux concurrents d'honorer la mémoire d'un homme qui paraît avoir menti au sujet du décès d'un des leurs?

La question était embarrassante.

– Messieurs, nous n'avons pas compétence pour juger Mr Monk. Si la négligence est établie, nous pourrons, certes, modifier notre opinion. Mais, jusque-là, je respecterai sa mémoire comme je respecte celle de Charlie Darrell.

Pincher reprit la parole.

– Puisque vous ne semblez pas disposé à vous étendre sur les deux décès survenus au cours de la compétition, peut-être accepterez-vous de nous parler des dispositions que vous aviez prises pour assurer la sécurité des participants?

Herriott ne vit pas le piège.

– Certainement...

– En ce cas, poursuivit vivement Pincher, comment expliquez-vous que les deux médecins présents aient été incapables de reconnaître les symptômes de l'empoisonnement par la strychnine?

Herriott ne put cacher son embarras.

– Messieurs, nous avons déjà discuté de la mort de Charlie Darrell au cours de notre entretien d'hier. Si certains d'entre vous n'étaient pas présents, je le déplore, mais ne me sens pas tenu de revenir sur des sujets qui ont été débattus précédemment. D'autres questions?

– J'aimerais en poser une à Mr Jacobson, annonça un autre reporter.

Herriott se tourna vers le directeur, souhaitant à part lui qu'il fût capable de se défendre.

– Je crois, Mr Jacobson, reprit le journaliste, que vous êtes la dernière personne à avoir vu Mr Monk en vie?

– C'est exact.

– A-t-il reconnu avoir commis une erreur ou une négligence ayant pu entraîner la mort de Charlie Darrell?

– Il n'a rien avoué de semblable, sinon dans le billet trouvé près de lui.

– Et est-il vrai, Mr Jacobson, qu'il était ivre quand vous l'avez quitté?

– Je crois qu'il avait un peu bu, oui.

Des rires fusèrent dans la salle.

– Nous savons de bonne source que vous avez été obligé de le soutenir afin qu'il ne tombe pas.

Jacobson esquissa un signe d'assentiment.

– Je l'ai aidé à regagner sa cabine, en effet.

Herriott se dressa soudain.

– Puisque vous souhaitez que nous parlions net, je vous dirai que Monk était effectivement fin soûl. Mr Jacobson a dû le reconduire jusqu'à son lit, et c'est là qu'on l'a retrouvé cinq heures plus tard lorsqu'un des concurrents est venu nous signaler une odeur suspecte près de la cabine. Nous n'avons rien d'autre à déclarer.

– Ce pourrait être un objet de ce genre, dit Cribb en se baissant.

Il ramassa un bout d'entretoise métallique dans un tas de ferraille, reste des matériaux employés à la confection du toit des cabines. La barre en question avait cinquante centimètres de long et le diamètre approximatif d'une canne.

– Un coup derrière la tête pendant qu'il dormait, et le tour était joué. Avec un outil comme celui-ci, un enfant aurait pu faire le boulot. J'ai commis une erreur, Thackeray. J'aurais dû songer à chercher des indices de malveillance.

– L'assassin avait pris soin de ramener les cheveux sur la blessure, de sorte que vous ne pouviez guère la découvrir.

– Hum! J'aurais tout de même dû me méfier. L'affaire paraissait trop claire. N'en parlons plus, c'est du passé! Mais que cela nous serve de leçon à tous les deux.

– On a donc voulu faire croire à un suicide.

– Oui. Hypothèse qui semblait confirmée par le billet écrit de la main de Monk. C'est d'ailleurs le point qui me tracasse. Comment s'y est-on pris? Bien sûr, Monk aurait pu avoir de toute façon l'intention de se suicider, mais j'en doute. Il savait qu'il serait innocenté dès que nous aurions fouillé son appartement. De plus, un homme de sa trempe n'a recours à une telle extrémité que lorsqu'il sait qu'il ne pourra échapper à la potence.

– Ainsi, nous voilà en présence de deux meurtres.

– Exact. Et maintenant, dites-moi un peu sur qui se portent vos soupçons.

Thackeray considéra son supérieur d'un air prudent.

– Il est difficile de se faire une opinion. A mon avis, le suspect numéro un est Jacobson. Il a été le dernier à voir Monk en vie, et on prétend qu'il est criblé de dettes. Peut-être a-t-il misé une grosse somme sur Chadwick et supprimé Darrell qui menaçait sérieusement le favori. Ensuite, il aura voulu faire retomber le crime sur Monk en montant un faux suicide.

– Nous vérifierons. Qui d'autre voyez-vous?

– Chadwick lui-même. Il va retirer de cette épreuve une somme rondelette, et Darrell était un rival dangereux. De plus, il se serait senti mortifié d'être battu par un homme de condition inférieure.

– Ce n'est pas impossible, évidemment.

– Et enfin, il y a Herriott. Supposons qu'il ait, lui aussi, engagé une somme importante sur Chadwick. En faisant disparaître Darrell, il aidait son favori à gagner et pouvait espérer que ses gains compenseraient les frais engagés pour l'organisation de la compétition. La forme dont Darrell a fait preuve au cours de la première journée a pu l'effrayer. Peut-être ne voulait-il que l'inciter à abandonner, mais il aura un peu forcé la dose.

– Herriott est donc aussi sur votre liste. Eh bien, mon vieux, vous n'y allez pas de main morte! Avez-vous d'autres suspects?

– Les concurrents, naturellement. Surtout les outsiders, tels que O'Flaherty. Nous avons déjà parlé de Chadwick, mais il ne faut pas oublier son entraîneur... je ne me rappelle pas son nom.

– Harvey.

– C'est ça. Et puis, il y aussi le Dr Mostyn-Smith. Je n'arrive pas à comprendre le rôle qu'il joue dans cette affaire. En ce qui concerne Monk, si nous examinons le problème avec logique, nous pouvons constater que toute personne présente ici hier soir après 10 heures et demie a eu la possibilité de le tuer. Par ailleurs, il nous faut découvrir qui avait un mobile assez puissant pour supprimer Darrell. Peut-être devrions-nous essayer d'en apprendre un peu plus sur lui, ne croyez-vous pas?

– Excellente suggestion! Et nous allons rendre visite à la seule personne que vous ayez omis de porter sur votre liste. Elle pourra nous fournir des renseignements sur Darrell et nous donner en même temps des éclaircissements sur sa conduite personnelle.

– Vous voulez parlez de Mrs Darrell? Mais je ne vois pas comment...

– Elle est venue ici à deux reprises. Une première fois la veille de la mort de son mari, et une seconde fois hier soir.

XII

Taylor, la femme de chambre de Mrs Darrell, annonça que sa maîtresse n'était pas chez elle.

– Il s'agit d'une affaire très importante, expliqua Cribb, et il est indispensable que nous puissions la voir ce soir. Si elle est sortie, j'insiste pour que vous me disiez où elle est allée et à quelle heure elle doit rentrer.

– Madame est chez les Darby. Ce sont des amis à elle, qui habitent Highbury. Elle s'y rend pour le thé tous les jeudis. Elle sera sûrement de retour avant 7 heures.

– Nous allons donc l'attendre, décida le sergent.

Après un instant d'hésitation, Taylor décrocha la chaîne qui maintenait la porte et laissa entrer les visiteurs.

– Vous me reconnaissez? reprit Cribb.

Un demi-sourire passa sur les lèvres de la soubrette.

– Ne vous donnez pas la peine de nous introduire au salon. Thackeray, que vous voyez là, y serait aussi dangereux qu'un éléphant dans un magasin de porcelaine. Nous allons vous suivre à la cuisine.

Sans protester, Taylor leur fit traverser un passage tendu d'un rideau et descendre les deux marches qui conduisaient à la cuisine. C'était une fort jolie fille d'une vingtaine d'années aux grands yeux vifs et dont les formes généreuses étaient moulées dans une robe noire très seyante.

– Vous m'avez bien dit, commença le sergent d'un air détaché, que le lundi était votre jour de sortie?

– Oui, répondit-elle avec un petit rire malicieux. Seulement... je suis fiancée.

– D'une jolie fille comme vous, ça ne me surprend guère. Lundi soir, vous étiez donc avec votre fiancé?

– En effet.

– Et vous êtes rentrée très tard?

Taylor rougit.

– Pas tellement. Madame exige que je sois de retour avant minuit.

Elle remplit la théière, semblant se désintéresser de la question.

– Votre maîtresse a-t-elle reçu des visiteurs, ce soir-là?

– Je ne saurais dire. Elle a dîné dehors, mais... elle est rentrée seule.

La soubrette eut un sourire gêné, comme si elle cachait quelque chose.

– Avec qui dînait-elle?

– Ça, je l'ignore.

– Voulez-vous insinuer qu'il pouvait y avoir... plusieurs possibilités?

– En tout cas, ce n'était pas avec son mari.

– Quand vous êtes rentrée – avant minuit –, était-elle déjà de retour?

– Oui.

Un imperceptible sourire passa de nouveau sur les lèvres de la jeune fille.

– Seule? insista Cribb.

– Seule.

– Mais il n'en était pas toujours ainsi, hein?

– Je ne comprends pas ce que vous voulez dire.

– La femme d'un sportif doit se sentir bien délaissée lorsque son mari est à l'entraînement.

– Oh, monsieur! s'exclama Taylor d'un air faussement indigné.

– Et pourtant, il n'y avait personne avec elle lundi soir, n'est-ce pas?

– J'ai seulement dit qu'elle était rentrée seule.

– Quelqu'un l'attendait ici?

Taylor se mit à rire.

– Non, monsieur. Et je n'ai vu personne. Mais j'ai entendu un fiacre s'arrêter devant la porte et repartir deux heures plus tard. Surtout, ne dites pas à Madame que je vous ai parlé de ça, parce que je nierais tout. D'ailleurs, j'ai pu rêver.

– Quelle heure était-il?

– Près de 2 heures, je crois.

– Qui a ouvert la porte?

Elle gloussa.

– Pas moi, en tout cas. Sans doute Madame... Pourtant, non, car j'ai entendu une clef tourner dans la serrure.

– Avez-vous perçu un bruit de voix?

– Je n'aurais pas pu, à moins qu'ils n'aient parlé très fort. Et ce n'était pas le cas... Une tasse de thé?

Il était évident qu'elle ne dirait plus rien sur le visiteur nocturne. Au même instant, la sonnette s'agita au-dessus de la porte. Elle se précipita pour aller ouvrir et reparut presque aussitôt.

– Madame est rentrée. Elle va vous recevoir, annonça-t-elle. (Puis, baissant un peu la voix :) Seulement, ça va être ma fête maintenant, parce que je vous ai laissés venir ici.

Quelques minutes plus tard, elle introduisait cérémonieusement les policiers dans le salon. Cora Darrell, trônant dans un fauteuil, leur désigna deux sièges.

– Je suis désolée de vous avoir fait attendre, déclara-t-elle calmement. Mais si vous m'aviez prévenue de votre visite, je me serais arrangée pour être là.

Cribb encaissa le reproche sans broncher.

– Mrs Darrell, j'ignore si vous êtes au courant de ce qui s'est passé ce matin...

– De quoi voulez-vous parler?

– De... la mort de Monk, madame.

Elle pâlit.

– Sam Monk... est mort?

– Asphyxié.

– Vous voulez dire que... qu'il s'est suicidé? Qu'il a eu des remords...

– Pas exactement. Nous pensons, au contraire, qu'il a été assassiné.

Cribb était à l'affût des réactions de la jeune femme. Les paupières baissées, elle triturait un petit mouchoir de dentelle. Pourtant, ce fut d'une voix posée qu'elle demanda :

– Qui donc aurait pu vouloir tuer Sam? C'est impossible! (Puis une explication parut se faire jour dans son esprit.) Vous croyez que quelqu'un a décidé de venger ainsi la mort de Charlie? Vous ne pensez tout de même pas que j'aie... C'était un vieil ami. Je sais que je me suis montrée très violente, l'autre jour, et j'aurais certainement été capable de l'attaquer en justice. Mais de là à le supprimer... Une femme n'agit pas de cette façon.

– C'est un point de vue discutable. Quoi qu'il en

soit, je n'ai nullement insinué que vous puissiez être coupable. Examinons les faits, voulez-vous? Monk paraît être innocent de la mort de votre mari.

– Comment cela?

– Le tonique avait été préparé correctement, selon les proportions qu'il nous avait indiquées. Quelqu'un d'autre y a introduit une dose massive de strychnine.

Cora semblait abasourdie.

– Je ne comprends vraiment pas comment...

– N'essayez pas de comprendre, c'est notre travail. J'aimerais plutôt que vous répondiez à un certain nombre de questions. Nous avons besoin d'en savoir davantage sur votre mari, afin de découvrir qui avait intérêt à le faire disparaître.

– J'essaierai de vous aider dans la mesure de mes moyens.

– Je vous remercie. Connaissez-vous quelqu'un qui pourrait lui devoir de l'argent?

– Non. Il n'a jamais mentionné rien de semblable.

– Pas d'ennemis ayant pu lui garder rancune? C'était un sportif connu, et il a dû, au cours de son ascension, bousculer quelques réputations.

– Non. Je crois qu'on l'aimait bien, et je ne lui connaissais pas d'ennemis.

– En quels termes était-il avec Chadwick? S'étaient-ils déjà affrontés dans une compétition?

– Je ne pense pas qu'il l'eût jamais rencontré auparavant

– Il n'a donc pu y avoir entre eux, avant la course, aucun arrangement quant à l'allure à adopter et autres détails du même genre? Je crois savoir que la chose se pratique assez couramment.

– C'est tout à fait improbable. Mais les entraîneurs auraient pu s'entendre à leur insu.

– Dans ce cas, votre mari se serait-il conformé aux ordres de Monk?

– Sam le laissait généralement courir à sa guise, hormis quelques conseils quant au rythme à respecter. C'était un assistant, mais aussi un confident, et je sais que Charles tenait beaucoup à lui.

– Votre mari et vous-même avez dû vous faire de nombreux amis, grâce à ces compétitions sportives?

– C'est exact.

– Vous rendaient-ils visite?

– Parfois, oui.

Cora semblait maintenant se tenir sur ses gardes.

– Certains venaient lorsque votre mari s'entraînait à Hackney Wick, n'est-ce pas?

Elle tourna instinctivement la tête vers la porte par laquelle Taylor était sortie.

– Des amis à tous les deux, bien sûr, s'empressa d'ajouter Cribb.

– Oui, de temps à autre.

– Des sportifs, des entraîneurs?

– C'est cela.

Cribb se leva pour aller mettre une briquette de charbon dans la grille de la cheminée. Quand il se retourna, son regard perçant s'arrêta un instant sur Mrs Darrell.

– Je m'intéresse particulièrement à la soirée de lundi dernier. Vous accepterez bien de me dire qui vous a rendu visite cette nuit-là?

La réponse vint instantanément.

– Lundi soir, j'étais sortie.

– Pour vous rendre à la halle?

– Non. Je dînais dehors... chez des amis.

– J'espère que vous ne voyez pas d'inconvénient à ce que je vous demande leur nom?

Cette fois, elle hésita une fraction de seconde avant de répondre.

– Les Darby.

– Ceux chez qui vous étiez cet après-midi? Vous les voyez donc souvent.

Cora fronça les sourcils en jetant un second coup d'œil en direction de la porte.

– Ce sont de vieux amis.

– Ils habitent Highbury, je crois?

– Oui. Holly House, dans Gittins Lane.

Cribb se tourna vers Thackeray, mais son adjoint avait déjà noté le renseignement.

– A quelle heure avez-vous quitté Highbury lundi soir?

– Vers minuit. Non, il devait être un peu plus tôt, car j'étais de retour avant Taylor. Et elle ne rentre jamais après minuit.

– Et ensuite?

Cora Darrell pinça les lèvres.

– Ensuite? Que voulez-vous dire?

– Peut-être ne voyez-vous pas l'importance de ce détail, mais nous sommes tenus de contrôler l'emploi du temps de tout le monde. Etes-vous allée vous coucher directement?

– Pas tout de suite. Je suis restée un petit moment au salon.

Il y eut un silence. Cribb attendait la suite. Cependant, comme Cora se taisait, ce fut lui qui reprit la parole.

– J'aurais préféré ne pas aborder ce sujet, Mrs Darrell, mais j'y suis obligé. Après votre retour de Highbury, vous avez reçu un visiteur, n'est-ce pas?

Cora restait muette, les yeux perdus dans le vague.

– Je n'insisterais pas si ce n'était important, madame. Ne craignez rien, nous savons être discrets. Je sais que vous avez reçu quelqu'un après minuit. Qui était-ce?

Cora s'effondra soudain.

– Ce n'est pas juste! (Elle baissa la tête et porta son mouchoir à ses yeux en sanglotant.) Comment pouvez-vous me tourmenter ainsi? Vous venez m'annoncer que Charles a été assassiné, et ensuite vous prétendez que j'étais avec un autre homme la veille de sa mort. Qui vous autorise à porter de telles accusations? J'exige la présence de mon père avant de répondre à d'autres questions. C'est déloyal. Pourquoi devrais-je tolérer cela?

Cribb attendit qu'elle se fût un peu calmée avant de reprendre d'une voix posée :

– Vous niez donc avoir reçu un homme cette nuit-là?

Elle leva brusquement la tête, les yeux brillant de colère.

– Je n'ai rien à répondre à une question aussi insolente. Et je vous prie de sortir.

Elle avança la main vers le cordon de la sonnette.

– Nous partons, madame, affirma Cribb en se levant. Mais réfléchissez bien : votre mari est mort mardi, son entraîneur a été assassiné hier, et vous pourriez être menacée à votre tour. Si vous taisez certains renseignements, vous risquez de nous empêcher d'assurer votre protection. Toutefois, au cas où vous changeriez d'avis – ou si vous aviez besoin d'aide –, il va de soi que vous pouvez nous appeler. Bonsoir, madame.

Le brouillard s'était épaissi. A minuit, il serait aussi dense que dans la nuit de dimanche. Après avoir attendu un fiacre pendant vingt minutes, les deux policiers se résignèrent à prendre un omnibus pour regagner l'Agricultural Hall.

– Ils étaient encore neuf en piste, tout à l'heure, expliqua Cribb. Je veux vérifier qu'aucun d'eux ne s'est écroulé avec un couteau entre les omoplates.

Les deux hommes grimpèrent dans la voiture qui venait de s'arrêter.

– Mrs Darrell nous a raconté un tas de mensonges,

n'est-ce pas? demanda Thackeray lorsqu'il fut assis dans la voiture à côté de son supérieur.

– Vous croyez? C'est, en tout cas, un point que vous aurez à élucider. Vous vous rendrez à Highbury demain matin de bonne heure, afin de voir les Darby avant qu'elle n'ait eu le loisir de leur parler elle-même. Vous leur demanderez si Mrs Darrell leur a rendu visite avant cet après-midi. Mais comme ce sont certainement des amis intimes, allez-y doucement. Ne laissez pas entendre que leur réponse pourrait lui nuire.

– Comptez sur moi. De toute façon, je suis persuadé qu'elle a menti en niant avoir reçu un visiteur dans la nuit de lundi.

– Elle n'a rien nié du tout. Elle a simplement refusé de répondre.

– C'est exact. Quoi qu'il en soit, je crois connaître l'identité de son visiteur.

– Comment l'avez-vous découverte?

– Par simple déduction, répondit fièrement Thackeray. (Il leva sa grosse patte poilue et brandit son pouce sous le nez du sergent.) Premier point : le visiteur en question arrive chez Mrs Darrell entre 1 heure et 2 heures du matin pour repartir deux heures plus tard. Il y a donc de fortes chances pour qu'il s'agisse de quelqu'un faisant partie de la compétition. Quelqu'un qui devait attendre pour s'éclipser que les concurrents dorment.

– Je vous l'accorde.

L'index de Thackeray se dressa à côté du pouce.

– Deuxième point : je pense que nous pouvons exclure les coureurs. Les pauvres bougres étaient trop éreintés, à la fin de cette première journée, pour aller passer leurs quelques heures de repos avec une femme. Troisième point : ce ne peut être qu'un entraîneur ou un chronométreur; un autre n'aurait pas choisi une heure aussi indue. Quatrième point : les chronométreurs sont tous trop âgés pour se livrer à ce genre de fantaisie.

– Parfait, reconnut Cribb. Mais je me permets de vous faire observer qu'il ne vous reste plus qu'un doigt.

– Ça suffira, chef. Cinquième et dernier point : le seul entraîneur en relation avec les Darrell, c'était... Monk. Dans le courant de l'après-midi, Cora avait visité avec lui la tente de Darrell; ils avaient probablement pris rendez-vous pour le soir.

– Excellent! Mais, dites-moi, si la belle Cora était amoureuse de Sam Monk, pourquoi avait-elle l'intention de le poursuivre? J'ai rarement vu une femme aussi montée contre un homme.

Thackeray sourit d'un air supérieur et se frappa doucement le front.

– J'en connais un rayon sur la manière dont réagissent les femmes, chef. Cora s'ennuie pendant que son mari s'entraîne. Elle prend sans doute un amant ou deux pour occuper agréablement les six semaines, et elle invite Monk à lui rendre visite le lundi soir. Mais le lendemain, son mari meurt. Que ressent une femme dans ces circonstances? Je vais vous le dire : elle est bourrelée de remords. Et c'est pour cela que Cora Darrell s'est déchaînée contre Monk.

– C'est plausible.

Le cocher retint ses chevaux. On arrivait dans Liverpool Road. Les deux hommes reprirent leur conversation quand ils furent descendus de l'omnibus.

– Votre théorie se tient très bien, dit le sergent, et j'étais moi-même parvenu à une conclusion identique, quoique par une voie différente. Rappelez-vous le jour où nous avons interrogé Monk. Il a reconnu qu'il se trouvait, ce fameux soir, chez une amie à Finsbury Park. Il n'était pas difficile de deviner qu'il s'agissait de Mrs Darrell qui habite précisément ce quartier.

Thackeray fit claquer ses doigts en se souvenant de ce détail. Après quoi, les deux policiers essayèrent d'exercer leurs facultés de déduction pour découvrir l'entrée de l'Agricultural Hall perdue dans le brouillard.

A l'intérieur du bâtiment, les flonflons de l'orchestre mêlés aux invectives de la foule contrastaient étrangement avec l'abattement des coureurs. Ils semblaient ne tourner que par la force de l'habitude, et le moindre signe de défaillance était aussitôt relevé par l'assistance qui s'en réjouissait ouvertement. Il suffisait qu'un entraîneur tendît une éponge à un concurrent ou que l'un de ceux-ci quittât la piste pendant quelques minutes pour que le fait soulevât une tempête de railleries ponctuées de réflexions grossières. Mais les protagonistes continuaient leur chemin de croix sans réagir, tristes et sales sous la lumière jaunâtre des becs de gaz.

O'Flaherty, qui poursuivait son effort méritoire pour rattraper Chadwick et n'avait plus que quatre milles de retard, était le seul à s'attirer les encouragements de l'assistance. Chaque fois qu'il doublait un autre concurrent, celui-ci s'écartait pour le laisser passer. Mais son rival, bien entendu, ne bénéficiait pas d'une aide semblable.

Cribb observa la course pendant un moment, tandis que Thackeray bâillait à se décrocher la mâchoire. Jacobson vint à passer et se crut obligé de leur adresser quelques mots.

– On s'avance vers une fin pleine de promesses, hein?

– On le dirait. Si toutefois ils tiennent le coup.

Le directeur fit entendre un petit rire.

– Soyez sans crainte. La plupart sont de vieux routiers, et ils se réservent pour samedi. Ce soir, ils devraient d'ailleurs mieux se reposer, car nous avons attribué une tente ou une cabine à chacun d'eux.

– Espérons qu'aucun n'aura l'idée de laisser le robinet de gaz ouvert.

Jacobson s'éloigna avec un sourire et se perdit dans la foule. Cribb se tourna vers Thackeray.

– Plus que deux jours. Deux jours pour découvrir notre coupable. Ensuite, nos chances seront considérablement réduites.

– Je dirai même nulles, chef!

XIII

Francis Mostyn-Smith savait qui serait la prochaine victime. Pendant ses tours de piste solitaires à l'aube, il avait trouvé le temps de se poser des questions. On ne pouvait espérer réfléchir lorsque la halle était pleine des cris d'une foule indisciplinée et de la cacophonie de l'orchestre. Mais la nuit, il était plus facile de se concentrer.

Il se demandait néanmoins s'il ferait part de ses déductions à la police. Quelque chose le retenait. Le sergent chargé de l'enquête ne lui paraissait guère sympathique. Quant à son lourdaud d'adjoint, il était peut-être plus abordable mais n'avait probablement pas l'intelligence assez vive pour suivre un raisonnement quelconque. Etant donné les circonstances, il serait sans doute préférable de déjouer les plans de l'assassin en mettant en garde la victime en puissance.

O'Flaherty ne partageait plus la tente du docteur. Quand on avait procédé à la nouvelle répartition, l'Irlandais avait été d'accord pour prendre la cabine contiguë à celle que Sam Monk avait occupée. Il était 3 heures et demie du matin lorsque Mostyn-Smith y pénétra.

– O'Flaherty! appela-t-il doucement.

Le dormeur ne bougea pas.

– O'Flaherty, mon vieux! insista le docteur en lui donnant une tape sur l'épaule.

Toujours pas de réaction.

– O'-Fla-her-ty!

Cette fois, Mostyn-Smith s'était penché tout près de l'oreille de l'Irlandais, qui était maintenant réveillé mais n'en voulait rien laisser paraître dans l'espoir que l'importun s'éloignerait enfin. Cependant, ayant trouvé sur la table une éponge humide, le docteur la pressa doucement au-dessus du visage de son compagnon. Se dressant d'un bond, O'Flaherty l'agrippa aux épaules et lui donna une bourrade qui l'envoya choir en travers du lit.

– Si vous ne me foutez pas la paix, je vous étrangle de mes propres mains!

Le meurtre était précisément le sujet que le docteur était venu débattre. Il resta un instant muet. Aveugle aussi, car ses lunettes avaient glissé de son nez.

– Quelle heure est-il? demanda O'Flaherty.

Il était effrayant, avec ses yeux injectés de sang, sa tignasse rouge en bataille et sa barbe de quatre jours. Mais Mostyn-Smith ne le voyait pas : il cherchait ses lunettes à tâtons dans le désordre des couvertures. L'Irlandais commençait à se demander s'il n'était pas ivre. Finalement, les verres reprirent leur place sur le nez du docteur.

– Je devrais peut-être m'excuser, bredouilla celui-ci.

– C'est bien mon avis!

– Il fallait absolument que je vous parle avant que les autres ne soient réveillés.

– Je vous ai demandé l'heure.

– 4 heures moins le quart. Et maintenant, laissez-moi vous mettre en garde. J'ai la certitude que votre vie est en danger.

– Qu'est-ce que vous me chantez là?

En récupérant ses lunettes, Mostyn-Smith avait retrouvé une partie de son aplomb.

– C'est la conclusion à laquelle je suis parvenu au terme...

Il n'alla pas plus loin; l'Irlandais lui coupa la parole.

– Ecoutez-moi, mon vieux. Si vous m'avez arraché au sommeil pour me faire part de vos états d'âme, je vais vous flanquer une rossée dont vous vous souviendrez.

– Je voulais simplement...

– D'accord, je suis en danger. Vous avez vu quelqu'un rôder près de ma cabine avec une hache à la main? Non? Alors, foutez-moi la paix.

– Je serai bref. Darrell est mort, Monk également. En bonne logique, ce doit maintenant être votre tour.

– Voyez-vous ça! Et pourquoi donc?

– Ne le comprenez-vous pas? Quelqu'un veut que Chadwick gagne la course. Il fallait donc supprimer Darrell, qui était un adversaire particulièrement redoutable. On lui a fait absorber du poison avec l'espoir que sa mort serait mise au compte du tétanos. Quand on a découvert que la strychnine était à l'origine du décès, on a voulu faire croire que Monk avait commis une erreur et s'était ensuite suicidé. Mais l'autopsie a prouvé qu'il avait été assassiné lui aussi.

– Vous avez promis d'être bref.

– Et je l'ai été. Ne voyez-vous pas que le criminel – quel qu'il soit – ne permettra à personne de battre Chadwick? Vous le talonnez maintenant de près et vous êtes, de ce fait, devenu un obstacle aux plans du meurtrier qui, soyez-en certain, essaiera de vous éliminer.

– Merci. Je suis donc la prochaine victime. Eh bien, je vais vous dire une bonne chose! Ça sera un plaisir d'être ainsi débarrassé de vous et de vos élucubrations.

Et maintenant, déguerpissez! Il me reste encore un petit quart d'heure avant que je n'aille affronter mon assassin.

Mostyn-Smith poussa un gros soupir et sortit. La réception n'avait pas été tout à fait celle qu'il attendait. L'Irlandais était un type irascible, mais peut-être réfléchirait-il tout de même quand il se serait un peu calmé. Il fallait absolument veiller sur cet imbécile.

Le sergent Cribb arriva de bonne heure à la halle, conscient d'avoir encore beaucoup à faire. Il avait chargé Thackeray d'enquêter auprès des pharmaciens de Londres, afin de retrouver le fournisseur de l'assassin. Mais c'était une entreprise d'une telle envergure qu'il doutait un peu qu'elle puisse conduire à une piste. D'ailleurs, l'acheteur de la strychnine s'était sûrement servi d'un faux nom, et les signalements fournis par les commerçants étaient en général d'une imprécision décevante. Non, il sentait bien que c'était dans la halle même qu'il lui fallait faire porter son effort, puisque tous les suspects s'y trouvaient réunis, à l'exception de Cora Darrell.

Il avait étudié l'affaire selon une méthode fort classique, cherchant à établir des relations entre occasions et mobiles, mais il se rendait compte que l'heure du crime aussi avait une importance primordiale en ce qui concernait la mort de Darrell. Monk avait préparé le cordial chez lui et l'avait apporté le dimanche soir, en même temps que les autres provisions. C'était au cours des vingt-quatre heures suivantes que le meurtrier s'était glissé dans la tente pour verser la strychnine dans le flacon. Si on éliminait Monk – et on était bien forcé maintenant d'en arriver là –, qui avait eu la possibilité d'entrer chez Darrell sans éveiller les soupçons? Herriott en tant qu'organisateur de la course, Jacobson, peut-être aussi Chadwick et Harvey qui avaient pu vouloir discuter des détails de la compétition. Cora y avait effectué une rapide inspection lors de sa première visite, dans l'après-midi du lundi. Mais elle se trouvait en compagnie de Monk. Etait-il possible qu'elle eût combiné avec lui la mort de son mari pour ensuite tuer l'entraîneur?

Soudain, Cribb se rappela un fait important. Il glissa le pouce et l'index dans son gousset et retira une coupure de presse chiffonnée. Ses yeux s'arrêtèrent sur le passage suivant :

Darrell et Chadwick sont confortablement installés, et tout a été prévu pour leur permettre de se reposer dans les meilleures conditions. L'auteur de ces lignes a pu examiner le logement de Charles Darrell et l'a trouvé en tout point digne d'un monarque en campagne sur une terre étrangère.

Cribb fronça les sourcils. Il pouvait donc ajouter sur sa liste de suspects tous les reporters qui avaient eu, eux aussi, la possibilité de pénétrer sous la tente. Abandonnant provisoirement le sujet, il décida de rendre visite à Chadwick.

– Mr Harvey?

L'entraîneur, occupé à lire son journal, leva vivement les yeux. Le policier se présenta.

– C'est vous qui vous occupez de Mr Chadwick, n'est-ce pas?

– Du capitaine Chadwick.

– Si vous voulez. Je désirerais avoir un entretien avec lui. Quand doit-il quitter la piste?

Harvey eut une seconde d'hésitation.

– Il s'arrêtera à midi pour une vingtaine de minutes, mais ce répit sera consacré à son déjeuner. Je doute que votre visite soit très bien accueillie.

– Capitaine Chadwick, j'ai besoin de votre aide, attaqua Cribb.

Le champion était attablé sous sa tente et mangeait

avec appétit, sans daigner accorder un regard à son interlocuteur.

– Vous avez l'expérience d'un homme du monde et aussi celle d'un militaire. Il me semble donc que si un événement insolite était survenu dans les parages, il n'aurait pu vous échapper. Est-ce que je me trompe?

Chadwick mastiquait une bouchée de poulet froid, feignant d'ignorer les flagorneries maladroites du policier.

– Vous auriez pu, par exemple, remarquer des allées et venues autour de la tente de Darrell, au cours de la journée de lundi.

Chadwick s'attaqua à une cuisse de poulet.

– Je crois, insista le sergent, que les reporters ont été autorisés à visiter les tentes, et Mrs Darrell elle-même est venue un peu plus tard.

Après un long moment de silence, le capitaine Chadwick essuya soigneusement sa moustache conquérante.

– Pour votre gouverne, sergent, je vous signale que je n'émarge pas au budget de la police. En conséquence, je ne me sens pas tenu de vous servir d'indicateur. Cela dit, si vous désirez que je réponde à vos questions, veuillez les poser clairement, en me faisant grâce de vos subterfuges aussi maladroits qu'obséquieux.

– Très bien, murmura Cribb. Aviez-vous déjà couru contre Charles Darrell?

– Non.

– L'aviez-vous rencontré avant le début de la compétition?

– Nous nous étions croisés la semaine dernière au moment de la signature des contrats, c'est tout.

– Et auparavant? Vous était-il arrivé de le voir?

– Non. Il n'appartenait pas au même rang que les personnes que je fréquente habituellement.

– Et votre entraîneur? Connaissait-il celui de Darrell?

– Bien entendu, je faisais surveiller Darrell, si c'est cela que vous voulez dire. C'est la coutume d'observer l'adversaire à l'entraînement. Je ne sais d'ailleurs pourquoi je me conforme à cette habitude, car ma stratégie est immuable.

– Mr Harvey vous fournissait donc des rapports sur le comportement de Darrell à Hackney. Etaient-ils favorables?

– Il se préparait sérieusement, et promettait d'être, du moins pendant quelques jours, un adversaire valable.

– N'y a-t-il eu aucune entente préalable entre vous ou vos entraîneurs quant à la manière de conduire la course?

Chadwik afficha un mépris souverain.

– Sergent, je n'ai nullement besoin de procéder à des arrangements avec mes adversaires. Je suis un sportif sérieux. Cependant, je crois me rappeler que l'entraîneur de Darrell a essayé de prendre contact avec Harvey. Vous pourrez vous adresser à celui-ci pour avoir des détails.

– Je n'y manquerai pas.

– Est-ce tout? Je vous rappelle que je suis présentement engagé dans une compétition et que mon temps est limité.

– Encore deux questions. Utilisez-vous un tonique ou un stimulant pour soutenir votre effort?

– Vous voulez savoir si j'ai l'habitude de prendre de la strychnine? Eh bien, non! Je ne me sers que d'un seul produit chimique : le sel de Sedlitz, que vous pourriez peut-être trouver vous-même fort utile... dans certains cas. Votre deuxième question?

– Elle est assez personnelle. Si vous gagnez cette course, vous remporterez le prix de cinq cents livres. Mais, comme les autres concurrents, vous avez dû engager un pari assez important sur votre nom. Quelle somme recueillerez-vous samedi?

– Je ne vois pas en quoi cela peut intéresser votre enquête, mais puisque je n'ai aucune raison de ne pas répondre... je toucherai environ onze cents livres.

Il était inutile de vouloir prévenir le prochain crime sans essayer de déterminer la méthode que l'on emploierait pour le commettre. La strychnine et le gaz avaient déjà été utilisés. On ne pouvait, bien sûr, les éliminer catégoriquement, mais il était probable que le meurtrier changerait encore de procédé. Un coup de couteau? Non. Trop brutal. Mostyn-Smith passa la matinée à échafauder des théories qu'il rejetait aussitôt, et il décida de consacrer une partie de son temps de repos à examiner la cabine occupée par O'Flaherty. C'était certainement là que le meurtrier tendrait son piège. Les jours précédents, l'Irlandais n'avait jamais quitté la piste avant 1 heure du matin. Il ne devait donc pas être très difficile de se livrer à une inspection en règle sans être dérangé.

Le docteur était maintenant parvenu à la conclusion que l'assassin se servirait une fois de plus d'un poison. Peut-être pas de strychnine, mais les toxiques ne manquaient pas. Son expérience de médecin lui avait appris que la plupart des poisons connus peuvent être détectés soit par l'odeur soit par les dépôts qu'ils laissent subsister. Il détruirait donc toute nourriture ou toute boisson qui lui paraîtrait douteuse. L'Irlandais pourrait ne pas apprécier son initiative, mais du moins serait-il en paix avec sa conscience.

Le moment était venu. Après s'être accordé vingt minutes de repos, il enveloppa ses pelures de pomme dans un papier, retapa son lit et quitta la tente. Il alla jeter ses épluchures dans la poubelle et constata qu'elle n'avait pas été vidée depuis vingt-quatre heures. Contournant les cabines, il s'assura qu'il n'était pas observé avant de se diriger vers celle de l'Irlandais. Il n'en était plus qu'à quelques pas lorsqu'il s'arrêta net. La porte s'ouvrait lentement, tirée de l'intérieur. Or, O'Flaherty était encore en piste.

Mostyn-Smith recula vivement et se dissimula. L'intrus sortit furtivement et prit la direction de la piste. Il n'y avait pas à se tromper sur son identité.

Thackeray trouva son supérieur dans son bureau.

– Ça ne vous dérange pas que je m'asseye, chef? soupira-t-il. Je suis sur mes jambes depuis 6 heures ce matin.

– Brave garçon! dit Cribb vautré dans son fauteuil capitonné.

– Selon vos instructions, j'ai lancé plusieurs hommes à la recherche du pharmacien qui a vendu la strychnine à notre assassin, mais l'opération demandera du temps.

– Et à Highbury, quel résultat?

– Les Darby sont des gens charmants et, à ce qu'il m'a paru, honnêtes. Mais ils protégeraient certainement Mrs Darrell s'ils pensaient qu'elle puisse avoir des ennuis.

– J'espère que vous ne leur avez pas donné cette impression?

– Non, répondit Thackeray, légèrement vexé. J'ai pu établir qu'elle était effectivement chez eux hier après-midi, mais aussi qu'ils ne l'avaient pas vue depuis jeudi dernier.

– Bon travail. Vous êtes-vous informé de leur emploi du temps pour la soirée de lundi?

– Oui. Ils sont allés au Luceum voir Irving dans une pièce sur Venise.

– Mrs Darrell a donc menti. Je me demande ce qu'elle a bien pu faire de son côté.

VENDREDI

XIV

– Plus qu'un jour et demi. Mieux vaut passer l'heure du repas à discuter de l'affaire.

La figure de Thackeray s'allongea; il n'était pas dans ses habitudes de jeûner le vendredi. Ni aucun autre jour, d'ailleurs. Mais il se dérida lorsque la proposition de son supérieur se fit plus claire : ils allaient faire le point devant une table bien garnie. Il était près de 2 heures, et la salle de restaurant de l'Agricultural Hall était à peu près vide.

– L'ennui, dans cette histoire, c'est que tout le monde ment, grommela Cribb dès qu'ils furent installés. Trop de gens ont des choses à cacher.

– Mrs Darrell?

– Entre autres. Monk aussi, quand il était en vie. Et je ne parle pas de Chadwick qui affiche une confiance inébranlable, alors qu'il crève de peur de se faire battre par un outsider comme O'Flaherty.

– Et Herriott, donc! Il tremblait lorsque nous avons parlé de faire interrompre la compétition.

– Jacobson également. Car, si mes renseignements sont exacts, il est couvert de dettes. Mais pouvez-vous leur trouver un mobile assez puissant pour commettre deux meurtres, Thackeray? Moi, je n'y parviens pas.

– Il est possible que le coupable soit un des coureurs. Le docteur, par exemple, qui pourrait aisément se procurer de la strychnine.

– Qu'aurait-il gagné à supprimer Darrell et Monk? Il n'a aucune chance de remporter la course.

Thackeray brandit son couteau d'un air péremptoire.

– Mais O'Flaherty pourrait parfaitement battre

Chadwick. Il se rapproche chaque jour un peu plus, et j'ai cru remarquer que le petit docteur s'intéressait particulièrement à lui.

– Il partagerait les gains de l'Irlandais? Tout est possible, évidemment, d'autant que c'est lui qui a, le premier, parlé de tétanos.

Thackeray approuva d'un signe. Cependant, plus les policiers réfléchissaient, plus cette hypothèse leur paraissait invraisemblable.

– Il y a deux points qui ne cadrent pas, fit observer Cribb. Si le docteur a tué Monk, pourquoi l'a-t-il d'abord assommé? Le procédé me paraît bien vulgaire, de la part d'un homme de l'art. Et si c'est O'Flaherty qui a fait le coup, pourquoi a-t-il éprouvé le besoin d'aller lui-même signaler la fuite de gaz?

– C'est là une astuce d'Irlandais!

Cribb hocha la tête.

– Pas d'accord. Il n'y a rien d'aussi machiavélique chez lui. Non! Assez de théories en l'air. Tenons-nous-en aux faits.

Thackeray se remit à manger en silence. Si Cribb voulait travailler sur les faits, c'était son affaire. Il n'empêche qu'on en reviendrait quand même aux deux suspects qu'il venait de mentionner.

– Considérez d'abord le meurtre de Darrell, continua le sergent. Nous sommes parvenus à la conclusion que quelqu'un a trafiqué le cordial préparé par Monk. Pour cela, il a fallu s'introduire dans la tente de Darrell. Ce n'était pas facile, car l'entrée en est parfaitement visible. Quel était le moment le plus favorable pour y pénétrer?

– Celui où il n'y avait pas de spectateurs.

– Exact. Or, depuis le début, les journalistes traînent dans les parages en permanence et les premiers spectateurs arrivent à l'aube. Les gens vont et viennent : Herriott, Jacobson, les reporters, Cora Darrell et Monk... Quand notre assassin a-t-il pu agir?

– Il a dû attendre minuit. Darrel était encore en piste, mais les spectateurs avaient déserté les gradins et l'éclairage était réduit.

– Très juste. Il devait seulement se méfier de Monk. Mais supposez que celui-ci s'éloigne pour aller boire un verre. Nous savons qu'il ne détestait pas la bouteille. Notre assassin s'introduit dans la tente, sans que les pauvres bougres harassés qui tournent encore sur la piste aient le loisir de le remarquer. Sans doute, pour plus de précautions, choisit-il le moment où Darrell se trouve à l'autre extrémité de l'arène.

– Mrs Darrell est donc hors de cause.

– Pas nécessairement. Si c'est elle qui a versé la strychnine, elle a pu le faire dans l'après-midi, avec la complicité de Monk. On peut d'ailleurs lui trouver un excellent mobile : se débarrasser du mari pour filer avec son amant.

– Dans ce cas, elle n'aurait pas ensuite assassiné Monk.

– A moins qu'elle n'ait pris peur et n'ait cru préférable de perdre un amant plutôt que de risquer la corde. En tuant Monk, elle pensait faire retomber sur lui seul le meurtre de son mari. Je me garderai donc de l'éliminer jusqu'à nouvel ordre. A quelle heure pensez-vous que Monk ait été assassiné?

– Je dirais... vers minuit.

– Hum! J'aimerais savoir... Mais que se passe-t-il donc?

Des cris stridents venaient de retentir du côté de la piste. Cribb se leva vivement et tendit l'oreille.

– Allez chercher un docteur! hurlait une voix.

Le sergent sortit en trombe du restaurant, Thackeray sur les talons, et se précipita vers un petit groupe massé sur le bord de la piste. Mostyn-Smith était agenouillé auprès de l'Irlandais qui gémissait de douleur. Le sergent, écartant les curieux, s'avança vers le médecin.

– Qu'y a-t-il?

– Il essaie de parler, mais je ne peux pas comprendre ce qu'il dit.

Le sergent se tourna vers deux employés.

– Aidez-nous à le transporter dans sa cabine.

Lorsque l'Irlandais eut été déposé sur son lit, Cribb fit sortir les deux hommes et plaça Thackeray en faction devant la porte.

– Faites entrer le docteur. Personne d'autre.

Mostyn-Smith se pencha sur le malade.

– Pas pu... continuer, balbutia O'Flaherty. Mes pieds... me brûlent. Je n'y comprends rien.

Le médecin lui ôta rapidement ses chaussures et ses chaussettes. Les pieds étaient en effet rouges et enflés, mais cela n'avait rien de très surprenant après l'épreuve qu'ils avaient subie pendant cinq jours consécutifs.

– Avez-vous des douleurs musculaires?

– Non. Les pieds seulement.

Cribb examinait les chaussures.

– En avez-vous une autre paire? demanda-t-il.

– Oui.

– Des chaussettes également?

– Je crois.

– Parfait. Dans ce cas, commencez par prendre un bain de pieds salé, ensuite vous vous rechausserez et vous retournerez en piste. Vous êtes en train de perdre des minutes précieuses.

– Je proteste! s'écria Mostyn-Smith. Vous outrepassez vos droits. Moi, je suis médecin. Et j'entends examiner cet homme...

– A votre aise. Mais vous gagneriez du temps en suivant mon conseil. Regardez ça. (Le sergent renversa le soulier qu'il tenait. Une poudre semblable à du sable grossier tomba dans sa main). Voilà ce qu'on a mis dans vos chaussures, Mr O'Flaherty, pour essayer de vous écloper.

L'Irlandais se dressa sur le lit.

– Faites voir!

Cribb laissa glisser un peu de la poudre dans la main du coureur.

– Je sais ce que c'est! s'écria l'Irlandais en se levant.

– Asseyez-vous, mon vieux! ordonna Cribb en le repoussant sur la couchette. Vous devez en avoir la plante des pieds incrustée.

– Des coquilles de noix pilées! reprit le coureur d'un air écœuré. Le plus vieux truc qui soit, et je m'y suis laissé prendre. Qui a pu faire ça?

– Quelqu'un qui veut vous empêcher de gagner la course, naturellement.

O'Flaherty se tourna vers Thackeray.

– Voulez-vous me rendre un service, monsieur l'agent? Faites-moi apporter un seau d'eau. Il faut que je retourne sur la piste le plus rapidement possible.

– Quand avez-vous mis ces chaussures? demanda Cribb.

– A 1 heures, après avoir déjeuné.

– Vous occupez maintenant cette cabine seul?

– Oui.

– Qui d'autre y est entré?

– Si j'y trouvais quelqu'un... (Ses yeux s'allumèrent soudain, et il se tourna vers Mostyn-Smith.) Vous! s'écria-t-il. Vous êtes venu me réveiller ce matin! C'est lui, sergent! C'est lui qui a fait le coup! Emmenez-le et coffrez-le. Bon sang, j'ai donc partagé ma tente avec un assassin!

– Un instant! protesta le docteur. Je puis vous assurer...

– Allez jeter un coup d'œil dans sa valise, sergent. Elle est bourrée de flacons et de boîtes. Vous cherchez de la strychnine? Eh bien, je suis prêt à parier que c'est là que vous la découvrirez! Emmenez-le. Personne ne se trouvera en sécurité tant que cet homme sera libre de ses mouvements.

Cribb s'adressa de nouveau au médecin.

– Est-il exact que vous soyez entré ici ce matin?

Mostyn-Smith suffoquait d'indignation.

– Oui. Mais... vous ne pouvez sérieusement envisager que...

– Que vouliez-vous à Mr O'Flaherty?

– Je croyais de mon devoir de le mettre en garde contre un danger qui pourrait le menacer...

Thackeray revenait avec un seau d'eau qu'il plaça devant le coureur.

– ... du fait, continua le médecin, qu'il est désormais le seul rival sérieux de Chadwick. J'ai pensé que celui qui a tué ce pauvre Darrell et son entraîneur ne reculerait pas devant un autre crime pour assurer la victoire du capitaine. C'est pour cela que je suis venu réveiller O'Flaherty, un peu avant 4 heures.

Cribb se tourna vers l'Irlandais.

– Est-ce exact?

Le coureur ne répondit que par un signe de tête boudeur.

– Vous n'avez pas touché aux chaussures, docteur?

– Je ne les ai même pas vues.

– Et vous n'êtes pas non plus revenu dans cette cabine après le départ de Mr O'Flaherty?

Le médecin hésita imperceptiblement.

– Non.

– Aviez-vous l'intention de le faire?

– Oui, afin de vérifier que personne n'avait trafiqué la nourriture ou la boisson de cet imbécile. Mais j'ai ensuite changé d'avis.

– Pourquoi?

– Il m'a semblé que cela aurait l'air d'une sorte de... violation de domicile.

Cribb esquissa une moue dubitative.

– Et votre valise?

– Elle contient un certain nombre de flacons et de boîtes de pilules dont j'ai besoin personnellement. Vous pouvez les faire analyser, mais je dois vous avertir que si vous m'en privez je réclamerai le versement d'une indemnité substantielle.

– Je ne vous suis pas très bien.

Le médecin prit un air supérieur.

– La grande presse a fait de nombreux commentaires sur ma participation à cette course d'endurance. Les gens sont curieux de savoir pourquoi un homme de mon milieu s'est lancé dans une telle compétition. Je n'ai pas la prétention d'être un athlète et, jusqu'au mois d'août dernier, je n'avais jamais parcouru plus de cinq milles à pied d'une seule traite. Mais je m'intéresse à la recherche médicale, et ma présence sur la piste peut être considérée comme une expérience. Ma valise contient plus de cinquante produits différents, tous de ma composition. Je ne consomme pas autre chose, à l'exception d'un fruit de temps à autre. Ces produits, tout en nourrissant l'organisme, éliminent totalement les effets de la fatigue.

– Et vous projetez de les commercialiser, si vous parvenez à terminer la course dans de bonnes conditions.

– C'est, effectivement, ce que je compte faire.

– Si vous n'y voyez pas d'inconvénient, j'irai jeter un coup d'œil à ces flacons et à ces boîtes, mais je vous les laisserai, naturellement. Un conseil, cependant : ne parlez à personne des coquilles de noix. Et si vous avez un soupçon quelconque, venez m'en faire part.

– Entendu, répondit le docteur en tirant sa montre. Mais j'ai perdu vingt-cinq minutes. Puis-je maintenant retourner sur la piste?

Cribb acquiesça. Mostyn-Smith sortit d'un pas pressé.

– C'est un assassin! s'écria O'Flaherty. Il a voulu m'empoisonner...

– Vous a-t-il donné quelque chose à manger ou à boire?

– Euh... non.

– Vous a-t-il mis en garde contre un danger possible?

– Oui, mais...

– Alors, taisez-vous! Vous aurez besoin de toute votre énergie pour rattraper Chadwick.

Le sergent sortit à son tour et se fraya un passage au milieu des reporters.

– Mr O'Flaherty va reprendre la compétition, déclara-t-il. Ses pieds étaient assez sérieusement enflammés, mais ça va mieux. Je vous demande de ne pas le retarder en lui posant des questions inutiles.

Les journalistes se dispersèrent. Quelques instants plus tard, le Cerf de Dublin reprenait la direction de la piste.

– Il a probablement perdu toute chance de gagner, remarqua Cribb en se tournant vers Thackeray.

– On peut dire en effet que Chadwick a virtuellement remporté le premier prix. Croyez-vous que le type qui a essayé d'écloper l'Irlandais soit aussi l'assassin de Darrell et de Monk?

– C'est possible. Dans ce cas, Mrs Darrell se trouve innocentée, puisqu'elle ne s'est pas montrée ici depuis le soir où Monk est mort.

Les deux policiers restèrent quelques instants à observer les efforts méritoires de l'Irlandais.

– Excusez-moi, messieurs...

Mostyn-Smith venait de surgir à leurs côtés.

– J'ai autre chose à vous déclarer. Je n'ai pas voulu le faire en présence de notre ami O'Flaherty, de crainte de le voir réagir violemment. (Le médecin jeta un coup d'œil autour de lui pour s'assurer que personne ne pouvait entendre.) Je crois savoir qui a trafiqué les chaussures, reprit-il à voix basse. Vers midi et demi, je me dirigeais vers la cabine de O'Flaherty avec l'intention d'aller examiner ses provisions, lorsque j'ai vu quelqu'un en sortir.

– Avez-vous reconnu l'intrus?

– Oh, certainement! Il s'agit de l'entraîneur de Chadwick.

– Harvey?

– Lui-même. Et, de toute évidence, c'est lui le criminel que vous cherchez.

XV

Ce soir-là, la foule entassée sur les gradins ne lâchait pas Chadwick et O'Flaherty du regard. Tous deux avaient pris le trot, et, chose surprenante, Mostyn-Smith tenait parfaitement la cadence, apparemment décidé à regagner le temps perdu. Les spectateurs applaudissaient, incitant les leaders à forcer encore leur allure, dans l'espoir que l'un d'eux finirait par s'effondrer.

– Drôlement alerte pour un indic! fit remarquer Williams en désignant le docteur. Je me demande pourquoi il file à cette vitesse. On a pourtant encore toute une journée à avaler.

– C'est pas un indic, mais un cinglé et rien d'autre! répliqua Chalk.

– En tout cas, je l'ai vu en conversation avec les flics, affirma Williams.

– Feargus est persuadé que c'est lui qui a liquidé Charlie Darrell et Sam Monk. Il aurait même essayé de l'empoisonner.

– Peuh! Feargus... (Williams cracha par-dessus son épaule, sans s'inquiéter du concurrent qui pouvait arriver derrière.) Cet animal d'Irlandais croit toujours qu'on en a après lui.

– Pour le moment, il court dans la foulée du Moucheron.

– Comme ça, il est sûr de ne pas recevoir un coup de surin entre les omoplates.

Au même moment, dans les tribunes, des huées et des rires saluèrent l'entrée en piste de Thackeray, emmitouflé dans son pardessus, qui s'efforçait de rejoindre le trio de tête. Il avait pour mission d'interroger Chadwick, et comme ce dernier ne paraissait pas disposé à quitter l'arène, il lui avait bien fallu se résoudre à venir l'y retrouver. Les quolibets fusaient de toutes parts. Puis une pomme, lancée avec une précision digne d'un tireur d'élite, fit voler son melon. Il esquissa un moulinet de son bras pour tenter de le rattraper au moment où il tombait dans la poussière. En vain. Il dût se résigner à continuer nu-tête.

– Mr... Capitaine Chadwick...

Le champion lui jeta un coup d'œil mais ne dit rien.

– Je suis l'agent Thackeray.

Toujours pas de réponse.

– Je crois que... vous pourriez... nous aider. (Le policier commençait à souffler comme un phoque.) Votre entraîneur...

– Je n'ai pas d'entraîneur, répliqua Chadwick d'un ton glacial. Je présume que vous voulez parler de mon assistant.

– Mr Harvey, oui. Le sergent avait besoin de le voir, mais il est introuvable.

– N'est-il pas dans ma tente?

– Non.

– Dans ce cas, je n'ai aucune idée de l'endroit où il peut être. Je ne suis pas détective, moi.

Thackeray s'arrêta et revint sur ses pas pour récupérer son chapeau avant qu'il ne fût piétiné.

Cribb fut introduit dans le bureau où Herriott et Jacobson comptaient la recette de la journée.

– Si cela ne vous ennuie pas, commença le sergent en se tournant vers le directeur, j'aimerais avoir un entretien privé avec Mr Herriott.

Jacobson se retira sans élever de protestation.

– Les affaires vont bien? reprit Cribb.

Herriott replaça l'argent dans le coffre, puis se tourna vers son interlocuteur.

– Je n'ai pas à me plaindre.

– Beaucoup de monde, ce soir, hein? C'est vraiment curieux. Chacun sait que l'assassin circule dans les parages, mais cela n'empêche pas les spectateurs d'envahir les tribunes.

– Bien sûr que non. Vous fumez?

– Non, merci. J'aimerais y voir un peu plus clair en ce qui concerne la journée de lundi, Mr Herriott. Vous pourriez peut-être m'apporter des précisions sur les faits et gestes de chacun au cours de cette soirée qui a précédé la mort de Darrell.

– Je m'efforcerai de vous aider dans la mesure de mes moyens.

– Je vous en serais reconnaissant. Commençons par Chadwick, si vous le voulez bien. Est-il resté en piste tout le temps?

– Oui. Et, à la surprise générale, il s'était même mis à courir.

– A quelle heure s'est-il retiré?

– A 1 heure. Darrell a regagné sa tente à peu près au même moment.

– Et Harvey?

– Il ne quitte guère Chadwick, vous savez.

– Il n'était donc pas resté sous la tente?

– Non. Il se tenait au bord de la piste, suivant attentivement la course.

– Passons à Mr Jacobson.

– Ce pauvre Walter était là, lui aussi. J'avais dîné dehors, et c'est lui qui me remplaçait.

– A quelle heure êtes-vous rentré?

– Un peu après minuit.

– Où avez-vous dîné? Veuillez pardonner cette question, mais je dois m'assurer de l'emploi du temps de chacun.

– A mon club, le *London Sporting.*

– Etiez-vous seul?

– Oui.

Cribb changea brusquement de sujet.

– J'aimerais maintenant avoir quelques renseignements sur l'organisation de la course.

– Certainement, répondit Herriott en souriant. Que désirez-vous savoir?

– Vous ne vous occupez pas, habituellement, de courses à pied. Vous évoluez plutôt, me semble-t-il, dans le monde hippique.

– C'est exact.

– Dans ces conditions, n'était-ce pas un peu risqué d'organiser une telle compétition?

– Peut-être. Mais j'aime les défis, vous savez. Et puis, ce n'est pas une première. Les courses de six jours ont toutes été couronnées de succès.

– Ce qui m'intrigue, c'est que vous ayez engagé un homme comme Jacobson pour prendre la direction de l'épreuve. Pourquoi ne pas avoir fait appel à un spécialiste?

– C'est un garçon fort compétent, bien qu'un peu effacé.

– L'aviez-vous déjà employé?

– Oui, il y a longtemps. Mais, en réalité, son travail est une sinécure. Ainsi que vous avez pu le constater, c'est moi qui dirige à peu près tout.

– Dans ce cas, pourquoi l'avoir engagé?

Herriott haussa les épaules.

– Je suis parfois obligé de m'absenter, et il faut bien

qu'il y ait un responsable. C'est le genre de poste que l'on confie à un vieil ami...

– Qui a eu des revers?

– Ai-je laissé entendre cela? Que voulez-vous, on aime à rendre service quant on le peut.

– Vous n'ignorez pas que Jacobson est sérieusement endetté?

Herriott poussa un soupir.

– Je soupçonnais qu'il avait des difficultés financières, mais je ne lui ai jamais posé aucune question à ce sujet.

– Bien sûr.

– Je dois préciser qu'avant de nous embarquer dans cette entreprise nous avons soigneusement étudié les précédentes courses. Et reconnaissez que celle-ci est assez réussie, en dépit de la mort de Darrell.

– Comment êtes-vous parvenu à persuader Chadwick d'y prendre part?

– J'avais appris par hasard qu'il souhaitait tenter une compétition d'endurance mais refusait de se mêler aux autres coureurs. Aussi ai-je eu l'idée des deux pistes séparées.

– Vous ne l'aviez jamais rencontré auparavant?

– Non.

– Et Harvey?

– Je sais qu'il était autrefois son ordonnance, mais je ne le connais guère, lui non plus. Il paraît très compétent.

Cribb esquissa un sourire.

– Eh bien, il me reste à vous remercier de votre obligeance, Mr Herriott! La course se termine samedi soir à 10 heures et demie, n'est-ce pas?

– Oui. Et c'est à ce moment-là que nous procéderons à la remise des prix... si le vainqueur est encore capable de se tenir sur ses jambes. (Herriott éclata de rire.) J'espère que vous nous honorerez de votre présence, sergent?

– Certainement, répondit Cribb sans grand enthousiasme.

Thackeray attendait son supérieur à la sortie du bureau.

– J'ai cherché partout : impossible de mettre la main sur Harvey.

– Avez-vous demandé à Chadwick?

– Il ne sait pas où il peut être et s'en moque éperdument.

– Et la strychnine? Des nouvelles?

S'il y en avait, Thackeray avait négligé de s'en occuper. Les deux policiers gagnèrent le poste de police du Hall, où l'agent de service leur remit les rapports qui étaient arrivés. Cribb les compulsa rapidement.

– Rien! soupira-t-il. Espérons que nous aurons plus de chance demain. Mais je ne suis pas trop optimiste.

– Pourquoi ne pas retourner chez Mrs Darrell et lui demander des explications à propos de son emploi du temps de lundi?

– Je ne crois pas qu'elle puisse nous en dire plus que nous n'en savons déjà. Ah! qu'est-ce que ceci?

Le sergent venait de reprendre une note qu'il avait d'abord rejetée.

– C'est notre pharmacien? s'informa Thackeray.

– Non. Il s'agit du rapport de l'expert qui a examiné la signature de Monk. Malheureusement, il confirme ce que je craignais : le message est bien de sa main. Sans l'ombre d'un doute.

– Je ne comprends pas. Puisqu'il ne s'est pas suicidé, il faut que le billet ait été rédigé par l'assassin.

– Pas du tout. Vous vous souvenez du texte, n'est-ce pas?

Thackeray tira son calepin de sa poche et lut à haute voix :

– « Je suis absolument navré. Il n'était pas dans

mes intentions de le tuer ». Croyez-vous qu'on l'ait forcé à écrire ces mots, chef?

– Lorsque Jacobson l'a raccompagné dans sa cabine, le pauvre diable n'était pas en état d'écrire quoi que ce soit. Non, il nous faut découvrir à quel moment il a rédigé cette note. C'est là que se trouve la clef de l'énigme.

– Je ne saisis pas, avoua Thackeray, déconcerté. Si Monk n'a pas tué Darrell – et nous savons maintenant qu'il ne pouvait être coupable –, pourquoi se serait-il accusé? Lors de l'interrogatoire, il semblait très sûr de lui; il était persuadé d'avoir préparé le cordial avec tout le soin nécessaire.

– Exact. Aussi ne s'accusait-il pas du meurtre. Réfléchissez, mon vieux. A un certain moment, il a dû éprouver des remords.

– Je ne vois toujours pas...

– *Avant* de savoir que Darrell était mort empoisonné par la strychnine. A quoi a-t-on d'abord pensé?

– Au tétanos.

– Et comment contracte-t-on cette maladie? Par une plaie ouverte. Tout est là. Darrell avait marché nu-pieds sur la piste, et Monk ne l'en avait pas empêché. Ne pouvait-il se sentir alors responsable et rédiger une note comme celle-là?

– Vous prétendez donc qu'il avait tout de même projeté de se suicider?

– Je n'ai pas dit ça. Mais c'est à ce moment-là qu'il a rédigé le message.

– A qui était-il destiné?

– N'est-ce pas évident?

Thackeray n'était pas très sûr de comprendre, mais il crut bon d'acquiescer.

Il était un peu plus de 11 heures lorsque Harvey reparut, porteur d'un paquet soigneusement enveloppé. Reconnu par l'agent de faction à la porte, il fut aussitôt conduit dans le bureau où se trouvaient Cribb et son adjoint.

– Nous pensions que vous nous aviez faussé compagnie, Mr Harvey, dit le sergent. Nous vous avons cherché partout. Ça ne vous ressemble guère d'abandonner le capitaine Chadwick.

– J'avais une bonne raison pour cela.

– Savez-vous pourquoi nous désirions tant vous voir?

– Je m'en doute un peu.

– Je n'irai pas par quatre chemins. On vous a vu sortir de la cabine de O'Flaherty, ce matin. Peu de temps après, il a dû quitter la piste; il ne pouvait plus avancer. Nous avons découvert dans ses chaussures des coquilles de noix pilées. Reconnaissez-vous les y avoir mises?

Harvey était d'un calme admirable.

– Je le reconnais.

– Quelle raison aviez-vous d'agir ainsi?

– Ne l'avez-vous pas compris? Au cas où vous l'auriez oublié, je vous rappelle que je soutiens le capitaine Chadwick.

– Ne jouez pas au plus malin avec moi. Vous pourriez vous attirer de gros ennuis.

– Sous quelle inculpation?

– Une double inculpation de meurtre.

L'attitude de l'entraîneur se modifia instantanément.

– Vous croyez que j'ai... oh non, sergent! Ce n'est pas vrai!

– Vous aviez un excellent mobile pour vouloir vous débarrasser de Darrell, et vous venez de prouver que vous tenteriez n'importe quoi pour faire gagner Chadwick. Dans ces conditions, pourquoi n'auriez-vous pas empoisonné Darrell?

– Je ne suis pas un meurtrier! protesta Harvey. Je

ne sais rien de la mort de Darrell. Je reconnais avoir trafiqué les chaussures de l'Irlandais, mais je n'en suis pas pour autant un assassin.

– Je ne demande qu'à vous croire, Mr Harvey. Mais j'ai besoin pour cela de recueillir le maximum de renseignements sur vous et votre patron. J'aimerais connaître en particulier votre emploi du temps de lundi soir. Et ne me racontez pas de boniments, car je suis en possession d'un certain nombre de déclarations me permettant d'effectuer des recoupements.

Harvey réfléchit. Lundi, c'était déjà loin.

– Autant que je puisse me rappeler, je suis resté sur le bord de la piste à regarder la course. Le capitaine se comportait d'une manière étrange. Au lieu d'aller au pas, selon son habitude, il s'était mis à courir après avoir constaté que Darrell avait pris une certaine avance sur lui. Or, je savais que cela lui nuirait en fin de compte.

– Dans ce cas, pourquoi ne l'avez-vous pas arrêté?

– L'arrêter? Je ne pouvais me le permettre! Il ne reçoit pas d'ordres de moi. Ni de personne, d'ailleurs. Non, il fallait seulement que je reste là, prêt à intervenir s'il avait une crampe. Heureusement, cela ne s'est pas produit, et il a pu regagner une partie du terrain perdu. Par contre, Darrell avait déjà de sérieux ennuis avec ses pieds, et cela a encouragé le capitaine qui est resté en piste jusqu'au départ de son adversaire, à 1 heure. Je l'ai alors suivi quand il s'est retiré dans sa tente.

– Dans quel état d'esprit était-il? Satisfait?

– Hélas, non! Il n'avait pas très bon moral. Il a même parlé d'abandonner. Après une seule journée!

– A-t-il mangé quelque chose?

Harvey essaya de rassembler ses souvenirs.

– Je ne crois pas. Il a bu son habituel verre de bordeaux, et puis je l'ai quitté.

– Où êtcs-vous allé?

– Au restaurant. J'avais envie de boire quelque chose et, d'autre part, il y a là des bancs sur lesquels on peut s'étendre pour se reposer.

– Et c'est ce que vous avez fait?

– Je me suis contenté de prendre un peu de café, vers 3 heures et demie, et... oui, c'est à ce moment-là que Monk est entré.

– Monk? Vous êtes sûr de l'heure?

– A peu près, oui. Il devait venir de dehors, car il avait l'air transi. Il s'est assis près de moi et m'a proposé un arrangement : si je voulais raisonner le capitaine, il conseillerait à Darrell de modérer son allure. J'ai refusé net, bien entendu. Et quand Darrell est retourné en piste, il s'est mis à courir comme un lièvre poursuivi par une meute.

– Monk vous a-t-il dit autre chose?

– Non, rien.

– Parlez-nous maintenant du capitaine. Depuis combien de temps êtes-vous à son service?

– Plus de dix ans. J'ai servi aux Indes sous ses ordres. A l'époque, il n'était pas encore professionnel. Il n'a débuté qu'en rentrant en Angleterre, il y a cinq ans. Il ne s'agissait, au départ, que d'épreuves strictement privées, sur route. Cependant, il n'a pas tardé à devenir le meilleur coureur de fond du pays, laissant tous les autres loin derrière lui. Naturellement, il souhaitait se mesurer avec Darrell, et c'est pourquoi il s'est lancé dans cette compétition. Herriott a donc prévu deux pistes séparées; mon patron ne se serait jamais commis avec ces brutes. Mais après la disparition de Darrell, il n'avait plus le choix, bien entendu.

– Il va ramasser pour sa peine un joli magot.

– Je ne saurais le dire. Il ne m'a jamais parlé de ses mises.

– Vous avez tout de même parié sur lui?

– J'ai, en effet, engagé une certaine somme, lundi.

– Sage précaution. J'aurais voulu pouvoir en faire autant. Et si nous parlions maintenant de mercredi soir?

– Mercredi?

– Je vous rappelle que c'est ce jour-là que Monk a été trouvé mort dans sa cabine.

– Ma foi, la soirée a été assez morose. Jamais encore je n'avais vu le capitaine aussi déprimé. Les autres l'avaient roué de coups, et il s'est montré particulièrement acerbe.

– Vous êtes donc resté à observer la course?

– Oui, jusqu'au moment où il s'est arrêté, vers 1 heure.

– Avez-vous vu Monk, au cours de la soirée?

– Je ne crois pas.

– Comment se sentait le capitaine quand il est rentré dans sa tente?

– Pas très en forme. Il s'est même assoupi pendant que je le massais.

– Où avez-vous dormi vous-même? Au restaurant?

– Oui, comme tous les soirs. On n'a pas prévu grand-chose pour notre confort à nous, vous savez.

– Y avait-il quelqu'un d'autre dans la salle?

– J'étais trop éreinté pour m'en apercevoir.

– Très bien. Il y a encore une chose que vous ne m'avez pas expliquée, Mr Harvey. Vous semblez ne pas avoir quitté le capitaine de toute la semaine, et ce soir vous vous absentez sans prévenir. Dans quel but? Etait-ce pour nous éviter, mon adjoint, et moi-même?

Harvey esquissa un sourire.

– Non. J'étais seulement allé chercher ceci.

Il désignait du doigt le paquet qu'il avait posé sur ses genoux.

– Peut-on y jeter un coup d'œil?

L'entraîneur déplia le papier avec précaution.

– Ça alors! s'écria Thackeray.

– Qu'est-ce donc? demanda Cribb.

– Un pâté de gibier. Il n'y a qu'une seule maison à Londres qui les prépare aussi bien, et le capitaine n'en veut pas d'autres. C'est pour célébrer sa victoire de demain.

SAMEDI

XVI

Thackeray n'avait pas passé une aussi mauvaise nuit depuis longtemps. Il y avait bien un poêle à pétrole dans le bureau, et il s'était emmitouflé dans un grand manteau, mais cela ne l'empêchait pas d'avoir les orteils gelés. Et puis, un fauteuil n'a jamais remplacé un bon matelas de crin et un moelleux édredon de plume.

– Je dois vérifier certains détails, lui avait dit Cribb d'un air mystérieux, et il se peut que je ne sois pas de retour avant demain matin. Vous allez donc rester ici et ouvrir l'œil.

Thackeray avait interprété cet ordre à sa façon en se disant qu'il suffisait qu'il fût sur place. Il avait recommandé à l'agent de faction de se montrer vigilant et de le réveiller en cas d'urgence, surtout s'il prenait fantaisie à Cribb de revenir avant l'heure prévue, car il soupçonnait fort ce dernier d'être allé passer tranquillement la nuit dans son lit.

Vers 5 heures, lorsqu'il eût vidé la tasse de café que venait de lui apporter l'agent, il entreprit d'examiner les rapports qui étaient arrivés depuis le départ du sergent. Tous étaient décevants, les pharmaciens interrogés n'ayant délivré de la strychnine qu'à des médecins et seulement en très petites quantités.

Il quitta le bureau pour se diriger vers la piste. Herriott était déjà là, entouré d'un certain nombre d'employés, donnant ses directives en vue de la dernière journée de compétition. Quelques reporters étaient arrivés plus tôt que d'habitude, et il y avait même des spectateurs dans les tribunes. Probablement des insomniaques.

O'Flaherty avait repris ses tours de piste à un rythme soutenu, et ses pieds ne paraissaient plus le faire souffrir. Peut-être espérait-il encore battre Chadwick. Thackeray ne put s'empêcher d'admirer son courage. Pourtant, ce grippe-sou de Herriott serait sans doute le seul à en bénéficier. Reid, Williams et Chalk étaient également en piste, le premier boitillant, les deux autres bavardant comme à l'ordinaire. Mostyn-Smith suivait à quelque distance. Chadwick, lui, n'avait pas encore fait son apparition. Et cela ne laissait pas d'intriguer Thackeray, d'autant que sa tente était plongée dans l'obscurité. Il prit le parti d'aller se rendre compte de ce qui se passait.

La tente était vide. Sur le lit les couvertures s'empilaient, pliées dans le plus pur style de l'armée. Il faisait froid à l'intérieur, et il était évident que personne n'avait séjourné là depuis plusieurs heures. Thackeray se hâta de rejoindre Herriott, qui était maintenant seul.

– Avez-vous vu le capitaine Chadwick? s'informa-t-il.

– Chadwick? Oui, je l'ai vu hier soir, avant son départ.

– Avant son départ? Où donc est-il allé?

– Vous l'ignorez? Et moi qui croyais que les détectives étaient toujours au courant de tout! Il est parti, fort en colère d'ailleurs, parce que Harvey n'est pas revenu à temps pour son massage.

– Quelle heure était-il?

– Un peu plus d'1 heure. On n'a pu trouver Harvey nulle part.

– Mais il était ici! Nous l'avions interrogé deux heures plus tôt.

– Eh bien, en tout cas, il n'était pas là au moment où Chadwick avait besoin de lui. Et je peux vous dire que notre champion était passablement irrité. Jamais je n'avais entendu un vocabulaire aussi imagé dans la bouche d'un aristocrate.

– A-t-il dit où il se rendait?

– Oui. Il se proposait de passer la nuit aux *Bains turcs,* à Islington Green. On prétend que c'est excellent pour les muscles.

– Et on ne l'a pas revu depuis ce moment-là? La course a pourtant repris depuis plus d'une heure.

– A votre place, je ne m'inquiéterais pas. Vous allez le voir apparaître d'une minute à l'autre. Il a quelques milles d'avance et est en meilleure forme que O'Flaherty. Je serais surpris que... Tenez, le voilà!

Effectivement, Chadwick se dirigeait vers sa tente, suivi d'une nuée de journalistes. Mais Harvey n'était pas avec lui.

– Où donc peut bien être l'entraîneur? demanda Thackeray.

Herriott haussa les épaules.

– Il a dû juger préférable de s'esquiver, après votre interrogatoire.

Thackeray retourna au poste de police pour passer sa colère sur l'agent de faction.

– Vous avez laissé filer Chadwick, hier soir, et vous ne m'avez rien dit. Il vient juste de rentrer. Quant à Harvey, il a disparu. Je veux qu'on le retrouve. Alertez tous vos collègues et qu'on fouille partout. Je vais de ce pas voir le capitaine.

Le champion s'élançait vers la piste, et l'entrevue fut nécessairement fort courte.

– Savez-vous où est Mr Harvey?
– Non.
– Vous ne l'avez pas vu depuis hier soir?
– Non. Ecartez-vous, s'il vous plaît! Je n'ai pas de temps à perdre.

On ne découvrit l'entraîneur qu'une heure plus tard. Ce fut un jeune agent qui vint en avertir Thackeray.

– Il est mal en point. Il s'est fait coincer dans une réserve, près de l'entrée principale, et a pris une volée de coups sur la tête et dans les côtes.
– Est-il en état de parler?
– Il est à peine conscient, et nous l'avons transporté à l'infirmerie. Qui a bien pu faire ça?
– C'est à vous de le découvrir. Le sergent Cribb va vous demander des explications. De toute façon, Harvey a bien cherché ce qui lui arrive. Il ne pouvait espérer écloper les autres et s'en tirer sans dommage.
– Vous croyez donc que ce sont les copains de l'Irlandais qui l'ont arrangé ainsi?
– Ça me paraît plus que probable. Mais il y a d'autres possibilités : les parieurs, les bookmakers. Essayez de le faire parler, et s'il lâche un détail utile à notre enquête, prévenez-moi.

La nouvelle avait fait le tour de l'arène. Mais, à l'exception de Chadwick, personne ne paraissait ni surpris ni peiné. Privé de son assistant, le favori devait s'adapter aux nouvelles conditions de la course. Pour la première fois depuis le début de l'épreuve, il avait paru en piste sans être rasé. Cependant, sa visite aux *Bains turcs* lui avait fait du bien. Au cours des deux premières heures, tantôt marchant et tantôt courant, il avait repris quelques tours de piste à l'Irlandais, lequel paraissait maintenant passablement épuisé.

Jamais Thackeray n'avait eu une matinée aussi pénible. Il s'était conduit comme un imbécile. Cribb lui avait fait confiance, et que s'était-il passé? Chadwick, le suspect numéro un, avait quitté la halle pendant quatre heures, et Harvey s'était fait rosser à l'intérieur même du bâtiment. Si seulement il avait reçu un rapport positif, concernant le fournisseur de la strychnine! Mais rien, non plus, de ce côté-là.

Et ce n'était pas fini. Peu après midi, un agent pénétra en trombe dans le bureau, suivi de Sol Herriott qui se trouvait dans un état d'agitation inaccoutumé.

– Faites quelque chose! s'écria-t-il sans préambule. Il a tout pris, tout! Plus de mille livres. La course est fichue. Ces pauvres diables auront couru pendant six jours, et je ne pourrai pas leur verser un seul penny! Ils vont me tuer, quand ils vont apprendre la nouvelle.

– Vous voulez dire qu'on vous a volé?

Abasourdi, Thackeray maudissait sa malchance.

– Jacobson, mon ami de toujours! Il a ouvert le coffre et a tout emporté. Il a dû quitter la halle au cours de la demi-heure qui vient de s'écouler, car je lui ai parlé...

– Jacobson? interrompit la voix vibrante de Cribb. (Debout sur le seuil, le sergent fixait son subordonné d'un œil sévère.) Veillez à ce que personne ne sorte, reprit-il en s'adressant à l'agent de faction. Sous aucun prétexte. Compris? Mr Herriott, où Jacobson habite-t-il?

– Dans Old Street, au-dessus du *Three Ships.*

– Allons-y, Thackeray! S'il n'a qu'une demi-heure d'avance, nous avons encore des chances de le rattraper.

XVII

Le sergent héla un fiacre dans Upper Street et s'y engouffra, suivi de Thackeray.

– Et si nous ne le trouvons pas chez lui? demanda ce dernier.

– Tant pis. Mais il faut essayer. Il y sera sans doute passé avant de fuir.

Le cocher, à qui on avait promis de payer double course, menait ses chevaux à une telle allure que les deux passagers pouvaient à peine parler. Après avoir descendu Islington High Street et Groswell Road, la voiture tourna enfin dans Old Street.

– Voilà le pub! hurla Cribb pour tenter de dominer le vacarme des roues sur le pavé.

Le fiacre s'immobilisa.

– Attendez-nous! ordonna-t-il en mettant pied à terre.

Il se rua dans l'établissement, tandis que Thackeray restait sur le seuil. Le clients étaient nombreux, et le sergent dut se frayer un passage jusqu'au bar.

– Police! annonça-t-il au patron affairé derrière son comptoir. Vous avez un locataire, au premier étage, n'est-ce pas?

– Oui, Mr Jacobson, répondit l'homme d'un air inquiet. Mais je ne l'ai pas vu depuis deux jours.

– Il n'est donc pas venu aujourd'hui?

– Je ne sais pas. Je suis très occupé, et il a pu monter sans que je le remarque. Si vous voulez aller voir, prenez l'escalier de fer qui se trouve derrière la maison.

Cribb quitta la salle par la porte de service et grimpa au premier. Il frappa sans obtenir de réponse. Son intuition lui soufflait que Jacobson n'était plus là. Il redescendit, traversa la cour et contourna le bâtiment pour rejoindre Thackeray.

– Parti! grommela-t-il.

Thackeray fut alors saisi d'une inspiration. A une vingtaine de mètres de là, se trouvait un autre pub. Un joueur d'orgue de Barbarie était installé devant l'entrée.

– Avez-vous vu un homme monter dans une voiture il y a environ une demi-heure? Il avait une valise à la main.

– Quoi? demanda l'autre sans cesser de tourner sa manivelle.

Thackeray répéta sa question, tout en tirant une pièce de monnaie de sa poche. Cette fois, comme par miracle, le musicien comprit parfaitement ce qu'on lui demandait.

– Il y a un quart d'heure, j'ai vu le monsieur qui habite au-dessus du *Three Ships* descendre avec une mallette. Il a pris un fiacre.

– Avez-vous, par hasard, entendu l'adresse qu'il a donnée au cocher? insista Thackeray en exhibant une autre pièce.

– Il se trouve que oui. (Le musicien fit prestement disparaître la pièce avant de préciser :) Il a dit : « A la gare de Fenchurch Street. »

Les deux policiers regagnèrent leur fiacre.

– Fenchurch Street! dit le sergent. Et au galop.

La Cité était calme, à cette heure-là, mais le brouillard y était plus épais qu'ailleurs. A Lime Street, on tourna à gauche pour prendre un raccourci.

La gare était à peu près déserte, et il n'y avait qu'un seul train en partance.

– Où va-t-il? demanda Cribb.

– A Tilbury, répondit l'employé.

Les deux policiers franchirent le portillon sous le regard indigné d'un contrôleur et entreprirent de visiter les compartiments. En trois minutes, l'opération fut menée à bien. Malheureusement, elle n'avait rien donné.

– Quand le dernier train est-il parti? cria le sergent à l'adresse du mécanicien.

– Il y a une heure.

Pendant ce temps, Thackeray s'était éloigné en apercevant sur le quai opposé une silhouette qui s'enfuyait, une valise à la main. Il descendit sur la voie, remonta de l'autre côté et se mit à courir. Cribb longea le quai, mais Thackeray était maintenant caché par les wagons, et il lui était impossible de voir si son adjoint gagnait du terrain sur le fugitif. Il atteignit le portillon de sortie juste à temps pour voir Thackeray disparaître dans le brouillard. Il s'élança dans la même direction et entendit une cavalcade dans l'escalier, puis un cri suivi d'une chute. Quelques pas encore, et il aperçut Jacobson aux prises avec Thackeray.

– Lâchez-le! dit-il lorsqu'il fut suffisamment près pour apporter son aide si c'était nécessaire.

– C'est bon! soupira Jacobson. L'argent est dans la mallette.

– Il a dû se baisser au moment où nous passions devant son compartiment, expliqua Thackeray, et il est descendu à contre-voie aussitôt après.

– Joli travail, Thackeray! Et maintenant, Mr Jacobson, nous allons retourner à la halle. J'ai hâte de voir qui va remporter l'épreuve.

Pour le dernier soir de compétition, Chadwick, Chalk et Mostyn-Smith avaient mis de nouveaux costumes, bleus pour les deux premiers, rouge pour le troisième. O'Flaherty, lui, n'avait pas cru utile de changer de tenue. Il avait employé sa journée à regagner autant de terrain que possible, et n'avait plus, une heure avant la fin, qu'un mille à rattraper. Pourtant, il était clair qu'il n'y parviendrait pas.

Sol Herriott se trouvait au centre de l'arène. Vêtu d'un habit, il arborait un large sourire. L'argent récupéré par Cribb lui avait miraculeusement rendu son calme et sa maîtrise de soi. Il surveillait la construction hâtive d'une estrade où les concurrents viendraient tout à l'heure recevoir leurs prix.

Sur la piste, on ne parlait plus guère, chacun étant absorbé dans son effort final. Le Métis semblait pourtant particulièrement intéressé par la confection de l'estrade.

– Que diable veut-on faire avec ce truc-là? cria-t-il à l'adresse de Chalk qui ahanait non loin de lui.

– Tu ne vois donc pas que c'est l'échafaud? Quand cette comédie sera terminée, on mettra la main sur le plus faiblard et on le pendra pour le meurtre de Darrell. Tâche de conserver un peu de souffle, mon vieux. Tu pourrais en avoir besoin quand les flics viendront te chercher.

La course entrait dans sa dernière phase. Chadwick attendit que l'Irlandais l'eût rejoint. Mostyn-Smith, apparemment revitalisé, les dépassa comme un pur-sang qui doublerait un cheval de fiacre. Chadwick resta aux côtés de O'Flaherty, marchant d'un pas tranquille, sûr de la victoire. Un quart d'heure avant la fin, les supporters de l'Irlandais commencèrent à comprendre que tout était perdu.

Une sonnerie marqua le début de la dernière minute de l'épreuve. Chadwick s'élança, dans une accélération spectaculaire et qu'il voulait de grand style. Mais il s'était mépris sur les réactions des spectateurs : au lieu des acclamations qu'il espérait entendre, il fut bombardé de fruits avariés jusqu'au moment où il se décida à mettre un terme à sa ridicule exhibition.

Un coup de pistolet retentit. Les coureurs s'arrêtèrent instantanément. Chadwick leva deux bras triomphants. Une tomate pourrie vint s'écraser sur son jersey, tandis que Herriott beuglait dans un porte-voix pour annoncer que la remise des récompenses aurait lieu quinze minutes plus tard.

La foule commença à s'écouler en direction de la sortie.

– Ils s'en vont, sergent! s'écria Thackeray.

– Bien sûr, puisque c'est fini.

– Mais nous n'avons encore arrêté personne!

– Un peu de patience. Il nous faut d'abord assister à la remise des prix, que diable!

Il ne restait plus que quelques centaines de personnes dans la salle lorsque Herriott monta sur l'estrade, tenant à la main la mallette contenant l'argent. Il prononça une brève allocution, puis Chadwick – qui était allé revêtir un costume propre – vint recevoir son prix de cinq cents livres. Il fut suivi par O'Flaherty, qui reçut cent livres. Le troisième prix de cinquante livres revint à Mostyn-Smith. Les quatre suivants, parmi lesquels Chalk et Williams, eurent droit à dix livres. Quant aux deux derniers, dont Billy Reid, ils durent se contenter de cinq misérables livres pour les récompenser de six jours de lutte et d'efforts.

Herriott s'adressa ensuite à la presse.

– Messieurs, je dois vous remercier du soutien que vous nous avez apporté. La course, hélas, a été un peu trop fertile en rebondissements. Et je suis persuadé que, à l'instar de tous mes fidèles employés, vous serez bien aise d'aller goûter une bonne nuit de repos. Mais je suis sûr aussi que, lorsque nous aurons tous rattrapé notre manque de sommeil, nous verrons dans cette course une magnifique compétition sportive.

Après quelques applaudissements qui manquaient par trop d'enthousiasme, Herriott redescendit de l'estrade. Cribb l'attendait.

– Je suis désolé de ne pouvoir encore vous laisser profiter d'un repos bien mérité, Mr Herriott, mais il nous faut auparavant éclaircir l'affaire Darrell.

XVIII

Sol Herriott tournait entre ses doigts un gros cigare tout neuf. Les deux hommes avaient décliné son offre, et c'était dommage; car, après le succès de la course qui venait de s'achever, il se sentait d'humeur généreuse.

– Vous prendrez bien un whisky? Vous n'êtes pas en service, en ce moment.

Thackeray jeta un coup d'œil à son supérieur pour savoir quelle attitude il convenait d'adopter.

– Nous avons plusieurs points à éclaircir. Nous laisserons donc le whisky pour plus tard, si cela ne vous dérange pas.

– Comme il vous plaira. (Herriott tira de sa poche une boîte d'allumettes et alluma son cigare.) Plusieurs points, sergent? Mais encore?

– Jacobson nous a raconté une étrange histoire. Ne voudriez-vous pas nous donner votre version?

– Vous l'avez déjà entendue, me semble-t-il.

– C'est vrai. Mais ne vous est-il rien revenu à l'esprit? Des détails que vous auriez pu... oublier, par hasard?

Herriott pâlit. Il sentait que, dans quelques secondes, Cribb allait laisser tomber son masque de courtoisie. Il préféra précipiter les événements.

– Votre remarque est insultante, sergent, et vos insinuations me blessent profondément. Réservez vos méthodes policières pour la populace. Avec moi, ça ne prend pas, et je rendrai compte de votre attitude à vos supérieurs. (Il écrasa nerveusement son cigare dans le cendrier et se leva.) Je n'ai rien d'autre à vous dire, vous feriez mieux de vous retirer.

Cribb resta assis.

– Dans ce cas, Mr Herriott, je serai obligé de vous demander de nous suivre au commissariat d'Islington.

Herriott poussa un soupir et se laissa retomber sur sa chaise.

– Très bien. De quoi voulez-vous donc que je vous parle?

– De chantage, répondit Cribb d'un ton calme.

– De chantage?

Un long silence s'établit. Herriott fixait avec inquiétude ses deux visiteurs. Comme ils restaient cois, il se décida à reprendre la parole.

– Il est évident que vous avez prêté l'oreille aux mensonges de Jacobson. C'est un homme qui manque d'équilibre. J'ai fait tout mon possible pour lui venir en aide, mais il n'a pas montré la moindre gratitude. Au contraire, il paraissait me détester. Bien sûr, nous avons essuyé quelques déconvenues au cours des derniers jours, et il avait tout l'air de m'en tenir pour responsable. Il a prétendu qu'il était à bout de nerfs. Je lui ai alors fait observer que s'il rompait son contrat, il me serait impossible de le payer.

» Il m'a alors abreuvé d'injures, poursuivit Herriott, encouragé par l'attention silencieuse de Cribb. Peut-être, d'ailleurs, vous l'a-t-il avoué? Il a essayé de me faire croire qu'il fallait absolument que vous procédiez à une arrestation et que vous vous empareriez du premier suspect qui vous tomberait sous la main. Il m'a parlé de la mauvaise réputation de la police et de la corruption qu'a récemment révélée une enquête du ministère de l'Intérieur. Il va sans dire que j'ai repoussé avec mépris de telles allégations, car j'ai toujours tenu la police pour parfaitement compétente et honorable. (Herriott esquissa un sourire avant de continuer.) Puis il a dévoilé ses cartes. Il savait que j'étais sorti, le soir qui a précédé la mort de Darrell, et il m'a menacé de faire circuler le bruit que j'avais dîné avec Mrs Darrell. Il a alors exigé de l'argent, m'a fait ouvrir le coffre, et j'ai dû payer. Je n'ai pas besoin de vous rappeler ce qui s'est passé ensuite.

– Vous avez déclaré tenir la police pour compétente et honorable. Dans ces conditions, pourquoi avoir cédé?

– J'ai... perdu la tête.

– Vous étiez en relation avec Mrs Darrell. Elle nous a elle-même parlé de vous comme d'un vieil ami. Qu'y avait-il donc de si compromettant à dîner avec elle?

– Les gens ont tendance à voir le mal partout!

– Il vous appartient donc de nous dire la vérité. Je sais que vous étiez effectivement avec Cora Darrell ce soir-là. Vous avez affirmé avoir dîné seul à votre club, mais une petite enquête que j'y ai effectuée ce matin m'a appris qu'on ne vous y avait pas vu depuis une quinzaine. D'ailleurs, Mrs Darrell m'a avoué la vérité. Par contre, vous-même ne nous avez débité que des mensonges. Vous avez prétendu que Jacobson vous avait volé, alors que vous aviez acheté son silence. Nous sommes donc en droit de supposer que vous possédiez de bonnes raisons pour tenir secret ce rendez-vous avec Cora Darrell.

Herriott était maintenant blême et défait.

– Pourquoi avez-vous signé le registre des toxiques d'un faux nom?

Herriott resta un moment abasourdi. Cribb tira de sa poche une liasse de papiers qu'il jeta négligemment sur le bureau.

– Ce sont les rapports concernant la vente de la strychnine dans un certain nombre de pharmacies, expliqua-t-il.

Herriott se saisit d'un feuillet au hasard.

– Non, c'est impossible! Vous n'avez pas pu découvrir... De quel registre parlez-vous? Que voulez-vous dire?

– Je peux vous confronter avec votre fournisseur...

Herriott s'effondra soudain, la tête entre les mains.

– Tout est donc fini, marmonna-t-il. Pourquoi ne vous êtes-vous pas tenu en dehors de tout ça? C'est à cause de vous que Monk a dû disparaître. Si vous n'aviez pas fourré votre nez dans l'affaire, je n'aurais pas été obligé de me débarrasser de lui. J'ai ce poids sur la conscience, et vous devriez vous sentir coupable, vous aussi. Quant à Darrell, il n'a eu que ce qu'il méritait.

Thackeray prenait des notes dans son calepin.

– Pour quelle raison avez-vous empoisonné Darrell? A cause de Cora, n'est-ce pas?

Herriot ne répondit que par un signe de tête.

– Vous l'avez rencontrée au cours des semaines qui ont précédé la compétition. Vous assistiez à l'entraînement de son mari, à Hackney Wick, et quand elle a tourné ses beaux yeux de votre côté, vous y avez lu une invite. Mais, quoi que vous puissiez être par ailleurs, vous n'appartenez pas au genre coureur de jupons, et vous n'avez pas voulu profiter tout de suite de l'aubaine.

Herriott baissa la tête.

– Elle vous a sans doute raconté une jolie petite histoire – un détail par-ci, un autre par-là –, quand elle pouvait trouver un prétexte pour vous parler. Et vous avez tout avalé : la femme incomprise, le mari indifférent et brutal... Seulement, Cora avait mal calculé. Elle s'était attirée votre sympathie, alors qu'elle cherchait tout autre chose. Lundi dernier, elle a accepté de dîner avec vous, mais elle n'imaginait pas que vous aviez en vue le mariage. Elle ne pensait pas que vous vous refuseriez à prendre la femme d'un autre avant qu'elle ne fût veuve. Et, bien entendu, elle ne pouvait savoir que vous vous étiez déjà procuré la strychnine.

Herriott leva les yeux.

– C'est vrai, elle l'ignorait. Elle n'est pour rien dans tout cela. (Il fit entendre un petit rire triste.) Elle n'en savait pas plus sur moi que je n'en savais sur elle. C'est Jacobson qui m'a appris quel genre de femme elle était. Trop tard, naturellement! Il semble que, lorsque son mari était à l'entraînement, elle n'avait aucun scrupule à se donner à quiconque lui plaisait.

– Songiez-vous vraiment qu'elle accepterait de vous épouser?

– Oui. J'ai été complètement dupe. Croyez-moi si vous voulez, nous n'avons dîné ensemble qu'une seule fois et il n'y a jamais rien eu entre nous. J'avais décidé de l'arracher à la détresse et à la solitude qu'elle m'avait laissé entrevoir, sans rien lui dire, évidemment, de mes intentions vis-à-vis de son mari. Quand je suis rentré, ce soir-là, Monk était absent. Je me suis glissé dans la tente de Darrell et j'ai versé le poison dans le flacon qui contenait son tonique. Je pensais qu'il n'y toucherait pas avant de se sentir véritablement épuisé – sans doute vers la fin de la compétition. Au lieu de cela, il en a absorbé dès le lendemain.

– Et votre plan a échoué, car nous n'avons pas mis sa mort sur le compte du tétanos. Il vous fallait donc trouver un bouc émissaire. Monk était tout indiqué. Mais comment l'avez-vous amené à écrire le billet?

– Ce fut simplement le fait du hasard. Vous savez sans doute qu'il était pratiquement illettré. Aussi, croyant que Darrell avait contracté le tétanos parce qu'il l'avait laissé marcher nu-pieds, il m'avait demandé de l'aider à écrire un mot à Cora. Après coup, j'ai compris que cela ferait parfaitement l'affaire pour accréditer l'idée du suicide.

– Et vous l'avez assassiné après que Jacobson l'eût reconduit dans sa cabine.

– Oui. Je n'aurais pas dû l'assommer avant d'ouvrir le gaz. Vous n'auriez alors jamais rien deviné. Et ensuite... quel cauchemar!

– Vous voulez parler de Jacobson?

– Oui. Cet imbécile est tombé fortuitement sur la seule chose qui pouvait m'incriminer : la soirée que j'avais passée au restaurant avec Cora. J'étais prêt à payer n'importe quel prix pour empêcher que l'on ne découvre ce détail. J'ai donc ouvert le coffre, et il s'est emparé de ce qu'il a voulu.

– Dans ce cas, pourquoi avoir prétendu qu'il vous avait volé?

– Que pouvais-je faire d'autre? Il me fallait payer les coureurs. Je lui ai donc laissé prendre une certaine avance, et puis je suis allé signaler le fait à votre adjoint. Je ne pouvais pas annoncer au dernier moment que l'argent avait disparu. Les gars auraient tout cassé, et Dieu sait ce qu'ils auraient pu me faire! J'espérais que l'on croirait à cette histoire de vol et que je pourrais payer mes dettes plus tard. Mais les choses se sont passées différemment.

Herriott, épuisé, s'affala sur son bureau.

– J'aimerais bien savoir comment vous avez réussi à faire parler Jacobson, dit Thackeray.

Les deux hommes étaient assis côte à côte dans le fiacre qui les ramenait vers le West End.

– Jacobson? Il n'a pas ouvert la bouche.

– Mais alors, qu'est-ce qui vous a conduit jusqu'à Herriott?

– J'ai simplement procédé par élimination. Pourquoi avait-on tué Darrell, qui était un excellent sportif, fort populaire au demeurant?

– Par intérêt.

– C'était, en effet, la première hypothèse. Mais considérez les suspects. Chadwick? Persuadé qu'il gagnerait de toute façon, il n'avait nul besoin d'éliminer un concurrent.

– C'est vrai. Cependant, la forme éblouissante dont Darrell a fait preuve dès le début lui a causé une bien désagréable surprise. Voyant cela, il aurait pu vouloir l'empoisonner.

– Mais où aurait-il déniché une telle provision de strychnine? De toute façon, il n'aurait guère eu la possibilité d'entrer chez Darrell sans se faire remarquer. Quant à Harvey...

– Il était en proie à une inquiétude folle et aurait été parfaitement capable de commettre un meurtre pour sauvegarder les intérêts de son patron.

– Evidemment, il aurait pu avoir en sa possession

de la strychnine destinée à doper le capitaine en cas de besoin.

– Qu'est-ce donc qui vous a poussé à l'éliminer?

– Le second meurtre. Plus particulièrement, le billet de Monk. Il ne s'entendait guère avec l'entraîneur de Darrell et aurait été bien incapable de lui faire écrire ce mot.

– Je vous l'accorde. Et Jacobson? Nous savons qu'il était empêtré dans d'inextricables difficultés financières.

– Oui. Mais, n'ayant pas un seul penny pour engager un pari, il n'aurait tiré aucun profit de la disparition de Darrell. C'est pour cela qu'il avait entrepris de faire chanter Herriott.

– Il ne vous restait donc que Cora Darrell et Herriott. Or, la jeune femme tenait à conserver son mari.

– Ah! vous avez donc compris cela? C'est vrai. Malgré tous les mensonges dont elle nous a gratifiés – et il y en avait un certain nombre –, une chose était certaine : nous l'avions vue furieuse et désespérée de la mort de son mari. Elle comptait lui voir empocher une grosse somme, et elle ne voulait évidemment pas le perdre!

– Mais pourquoi tous ses mensonges?

– C'est facile à comprendre. Cora est une femme de tempérament ardent qui, lorsqu'elle est privée de son mari, n'hésite pas à prendre un amant. Mais, après la mort de Darrell, les choses risquaient de tourner mal pour elle. Le scandale, ça compte, Thackeray! Et elle aurait pu ainsi perdre toute chance de se remarier un jour... Vous voyez donc, il ne restait plus que Herriott sur ma liste de suspects. Et comme il ne pouvait s'agir d'argent, il fallait que ce fût un crime passionnel. Nous avions appris par la femme de chambre que Mrs Darrell avait dîné en ville lundi. Cora nous ayant raconté un mensonge à ce sujet, il paraissait évident qu'elle avait passé la soirée avec quelqu'un de notre connaissance. Ce ne pouvait être que Sol Herriott, le seul qui eût quitté la halle ce soir-là. Mais tout cela n'était qu'hypothèse. Il me fallait obtenir une confession.

– Vous étiez pourtant en possession d'un rapport concernant son achat de strychnine. C'était une preuve suffisante, non?

– Du bluff, Thackeray, rien que du bluff! Je n'ai pas encore la moindre idée de l'endroit où Herriott a pu se procurer le poison. Mais ça a marché tout de même, hein?

Le fiacre venait de s'arrêter à l'extrémité de la rue où habitait Thackeray. Avant de descendre, il tint à poser une dernière question.

– Si vous le croyiez coupable, chef, pourquoi ne pas l'avoir confondu plus tôt? Nous serions déjà chez nous, en ce moment.

– Cela aurait fichu la course par terre. Et ces pauvres diables avaient besoin de gagner leur argent.

– C'est donc pour eux que vous avez attendu avant d'accuser Herriott?

– Pas uniquement. Voyez-vous, moi, je ne me suis jamais intéressé aux paris. Mais je vais vous faire une confidence : ma femme avait misé dix livres sur Chadwick. Bonne nuit, mon vieux!